CARLOS RUIZ ZAFÓN
EL PRISIONERO DEL CIELO

天空的囚徒

〔西班牙〕卡洛斯·鲁依斯·萨丰 著　　李 静 译

上海文艺出版社

图书在版编目(CIP)数据

天空的囚徒/(西)萨丰著;李静译.—上海:上海文艺出版社,2016
ISBN 978-7-5321-6049-5

Ⅰ.①天… Ⅱ.①萨… ②李… Ⅲ.①长篇小说-西班牙-现代 Ⅳ.①I551.45

中国版本图书馆CIP数据核字(2016)第084042号

El prisionero del cielo
by Carlos Ruiz Zafón
Copyright © Dragonworks S.L., 2011
Published in agreement with Antonia Kerrigan Literary Agency through The Grayhawk Agency
Chinese(Simplified Characters) copyright
© 2017 by Shanghai 99 Readers' Culture Co., Ltd.
All Rights Reserved.

著作权合同登记号　图字:09-2015-881

责任编辑:俞雷庆
特约策划:彭　伦　邱小群
封面设计:汪佳诗

天空的囚徒
(西班牙)卡洛斯·鲁依斯·萨丰　著
李　静　译
上海文艺出版社出版、发行
地址:上海绍兴路74号
电子信箱:cslcm@public1.sta.net.cn
网址:www.slcm.com
新华书店经销　上海利丰雅高印刷有限公司印刷
开本889×1194　1/32　印张6.25　插页2　字数169,000
2017年2月第1版　2017年2月第1次印刷
ISBN 978-7-5321-6049-5/I·4828　定价:45.00元

我知道，总有一天，我会回到这里，讲述一个故事：沉寂的铅灰色天空下，朦胧昏暗的睡梦中，主人公在巴塞罗那的阴影里丢失了姓名和灵魂。他从死人堆里爬出，带着承诺和诅咒，脑海中镌刻着诅咒之城浴火而生的文字。幕启，肃静，命运之影降临之前，一群白色的精灵登上舞台，天真无邪，快乐地表演。圣诞故事的讲述者以为第三幕便是最后一幕，殊不知，翻过最后一页，墨香必会将他融入漆黑的夜。

——胡利安·卡拉斯《天空的囚徒》

（巴黎卢米埃尔出版社，一九九二年）

目录

1	第一部	圣诞故事
45	第二部	死人堆
105	第三部	重生
143	第四部	猜忌
187	第五部	英雄的名字
209	尾声	

第一部　圣诞故事

一

巴塞罗那　一九五七年十二月

那年的圣诞节，日复一日，清晨时总是铅云满天，银霜满地，城市暗中透蓝。行人穿着冬衣，裹着耳朵，呵着寒气，匆匆走过。那些天，在森贝雷父子书店橱窗前驻足的人寥寥无几，进门询问的更是屈指可数。若是能卖掉某本某人曾经错过、终身等候的书——诗歌除外，也许可解书店燃眉之急。

"今天会是个好日子，能转运。"第一杯咖啡下肚，让我盲目乐观。

父亲从早上八点起一直在柜台与账本搏斗，铅笔橡皮齐上阵，写了改，改了写。他抬起头，眼睁睁地看着行人过店门而不入。

"但愿老天爷能听见，达涅尔。照这样下去，要是再错过圣诞季，一月咱们连电费都付不起了。好歹得做点什么。"

"费尔明昨天想了个法子。"我说，"他说是个绝妙的计划，能让书店起死回生。"

"愿上帝保佑我们！"

我一字不差地说给他听：

"或许我可以穿着内裤站在橱窗里，吸引酷爱文学、感情炽烈的女性。因为行家说过：女性是文学的未来，而上帝让女性无法抗拒伟岸身躯的野性撩拨。"

听见身后父亲的笔掉在地上，我回过头。

"费尔明的原话。"我又说。

我原以为费尔明的奇思妙想会博他一笑，谁知沉默依旧。我斜眼望去,发现老森贝雷非但不觉得这番胡言乱语好笑,反而当了真,正若有所思。

"瞧,没准费尔明真说到点子上了。"他喃喃自语。

我看着父亲,简直觉得不可思议,也许几周来的销售不畅让他精神失常了。

"别告诉我,你会让他穿着裤衩在书店里走来走去!"

"不,不是说这个,是橱窗。说起橱窗,我倒有个主意……也许还来得及挽回圣诞季。"

我看着他消失在店后工作间,不一会儿,又穿着冬季正装走了出来。还是我儿时记忆中那件长大衣、那条围巾和那顶帽子。贝亚常说,她怀疑父亲从一九四二年起就没买过衣服。种种迹象表明,妻子说得没错。他戴上手套,淡淡一笑,孩子般两眼泛光,这是大生意上门才会有的反应。

"我出门办点事,"他说,"去去就来。"

"能知道你去哪儿吗?"

父亲冲我挤挤眼。

"你等着,是个惊喜。"

我送他到门口,看他迈着坚定的步伐往天使门方向走。又是一个铅灰昏暗的漫漫寒冬,又是一道铅灰昏暗的憧憧人影。

二

趁落单,我决定打开收音机,边听音乐,边重新布置架子上的丛书。父亲认为,书店开着收音机招呼客人,有点不着调。要是费尔明在,他会和着任何曲调哼哼,或者更糟,扭起他所谓的"加勒比艳舞",短短几分钟就让我头皮发麻。鉴于这些实际困难,我得出结论：想听收音机，只能趁坐拥书城、无人为伴的难得机会。

那天早上，巴塞罗那电台正在播放收藏家私录的三年前小号手路易斯·阿姆斯特朗[1]携乐队在对角线大街温莎酒店上演的美妙动听的圣诞音乐会。插播广告时，主持人不遗余力地将音乐贴上"爵士"标签，并友情提醒，某些不知羞耻的切分音也许对习惯如曲调欢快的民歌、博莱罗舞曲和新近出现的"ye-ye乐曲"[2]等主流音乐的国内听众来说不太合适。

费尔明总说：要是堂伊萨克·阿尔贝尼兹[3]是黑人，爵士乐会像罐装饼干那样发源于康普罗顿，并与他所崇拜的金·诺瓦克[4]在影片中（我们在费米纳戏院看的早场）佩戴的文胸一起，跻身于二十世纪为数不多的人类成就之列。那是毋庸置疑，铁板钉钉的事实！那天早上，我在美妙的音乐和宁静的书香中从事简单的工作，心头一阵满足。

费尔明上午休息。他和贝尔纳达二月初结婚，要去做完婚礼筹备工作。他们两个礼拜前刚做的决定，我们都说时间太赶，心急吃不了热豆腐。父亲劝他往后延两三个月，夏天的天气适合结婚。费尔明死活不肯改，说他在埃斯特雷马杜拉山区的干冷气候中长大，在地中海沿岸——他说相当于亚热带——夏天出汗多，结婚时胳肢窝湿一大片不成体统。

西班牙五十年代弥撒和政治宣传片盛行，费尔明·罗梅罗·德·托雷斯作为反教会、反银行、反良好习惯的一面旗帜，突然迫不及待地说要结婚，我想其中必有蹊跷。他在婚前筹备期间，

---

1 路易斯·阿姆斯特朗（1901—1971），美国著名爵士乐音乐家，被称为"爵士乐之父"，早年以演奏小号成名，后来以独特的沙哑嗓音成为爵士歌手中的佼佼者。
2 ye-ye乐曲，1960年代流行于法国和西班牙的一种流行音乐曲目，其名源自歌词中"yeah！yeah！"的欢呼声。
3 伊萨克·阿尔贝尼兹（1860—1909），西班牙加泰罗尼亚作曲家、钢琴家，第一位把西班牙民间音乐介绍给欧洲听众的西班牙本土音乐家。
4 金·诺瓦克（1933—　），美国电影明星，代表作为希区柯克的影片《迷魂记》。

与圣安娜教堂的新任教区神父堂哈克勃结为好友。神父是布尔戈斯人，思想开放，一副退役拳击手的派头。他染上了费尔明对多米诺骨牌的无限痴迷，星期天弥撒后，两人在阿尔米拉尔酒吧一局局地赌，一杯杯地喝蒙塞拉地区风味的酒。费尔明问他：修女究竟有没有大腿？修女的大腿是不是温软柔嫩到可以掐出水来？这些少年时的困惑逗得神父开怀大笑。

"您会害他被逐出教会。"父亲提出批评，"对修女，应该非礼勿视，非礼勿动。"

"可神父几乎比我还色，"费尔明提出抗议，"要不是他那身神父服……"

我一边回忆那场争论，一边跟着阿姆斯特朗大师的小号曲哼哼。突然，书店门上的铃铛响了，叮铃叮铃，声音不高。我抬起头，以为是秘密使命完成归来的父亲，或是赶来接下午班的费尔明。

"早上好。"门口传来低沉、破碎的声音。

三

他的身影在背光下就像被风吹倒的一段树干。客人穿着老式深色西装，拄着拐杖，有些来者不善。他往前迈了一步，腿明显跛着，柜台上的灯照亮了一张写满岁月风霜的脸。他不慌不忙地看了我一会儿，目光如隼：充满耐心，深思熟虑。

"您是森贝雷先生？"

"我是达涅尔，森贝雷先生是家父，他现在不在。请问有何贵干？"

客人无视我的问题逛起书店，仔仔细细、近乎贪婪地观察一切，一瘸一拐的腿让人想到衣服下面的伤也许会更重。

"战争的烙印。"陌生人似乎看穿了我心思。

我盯着他逛，猜想他会在哪儿停留。果然不出所料，他在乌檀木玻璃橱前停了下来。那是一八八八年书店创建伊始留下的老古董。当年，森贝雷家的曾祖父刚从加勒比探险归来，借钱购入旧手套店，改为书店，立于显著位置的玻璃橱向来是书店的善本库。

客人挨近书柜，气呵在玻璃上。他戴上眼镜，仔细端详书柜里的书，姿势让我联想到仔细端详鸡窝里新生鸡蛋的鼬。

"书柜很美，"他小声说，"想必物有所值。"

"家里的老古董，情感上才是无价之宝。"我反驳道。他是个怪人，用目光估价，连呼吸的空气也不放过，让我感觉很不愉快。

过了一会儿，他收起眼镜，不紧不慢地问道：

"听说有位才智过人的先生在这儿工作。"

我没有马上回答，他回过头，狠狠地瞪我一眼，目光如炬。

"您瞧，现在这里只有我一个。也许先生可以告诉我需要哪本书，我很乐意帮您去找。"

陌生人很不友好地笑了笑，点点头。

"我看见玻璃橱里有本《基督山伯爵》。"

他不是第一个留意到这本书的人，我把应景话搬出来说："先生好眼光。此版精美绝伦，限量发行，亚瑟·拉克哈姆[1]插图，来自马德里著名收藏家的私人收藏，实乃编目在册的绝版。"

客人听得索然无味，专心去看乌檀木书柜的隔板是否结实，明摆着对我的话不感兴趣。

"什么书在我眼里都一个样，不过，我喜欢这本书的蓝色封面，"他鄙夷地说，"这书我买了。"

---

1 亚瑟·拉克哈姆（1867—1939），英国著名插画艺术家，代表作为《爱丽丝漫游奇境记》童书插画。

若换个场合，能卖出全书店差不多最贵的一本书，我会高兴得跳起来。可我隐隐觉得：那本书要落到一个令我反感的家伙手里，它要是离开书店，恐怕连第一段都将永远无人问津。

"此版价格不菲。先生要是愿意，我给您推荐品相一流、价格适中的其他版本。"

心眼小的人往往会以小人之心，度君子之腹。陌生人的心眼估计比针眼还小，他向我投来的目光再轻蔑不过。

"封面也是蓝色。"我又补充一句。

他对我的嘲讽充耳不闻。

"不用了，谢谢。就这本，价格不是问题。"

我很不情愿地点点头，走向书柜，掏出钥匙，打开玻璃门，陌生人的眼神如芒刺在背。

"好东西都是锁着的。"他小声说。

我拿着书，叹了口气。

"先生是收藏家？"

"可以这么说，不过不收藏书。"

我把书拿在手里，回过头问：

"那收藏什么？"

陌生人再次无视我的问题，伸手取书。我拼命忍住把书放回书柜、重新锁上的欲望。事到如今，要是丢了这笔买卖，父亲一定不原谅我。

"三十五比塞塔[1]。"我先开价，后递书，希望他知难而退。

他眼都没眨，一口答应，从那件连一个杜罗[2]也不值的西装口袋里掏出一张百元大钞。我心里嘀咕，会不会是假钞。

"先生，这么大面值，我找不开。"

1　比塞塔，欧元流通前的西班牙官方货币。
2　杜罗，原西班牙货币单位，相当于五个比塞塔。

我想请他稍等一会儿，去最近的银行找零，顺便验验是不是假钞。可我又不想把他一个人留在店里。

"别担心，这是真钞。您不会识别？"

陌生人对着光举起钞票。

"看水印，这几条线，还有纸质纹理……"

"先生是赝品专家？"

"年轻人，世间一切皆假，钱除外。"

他把钞票放在我手里，让我攥好，又拍了拍我的指关节。

"找的钱帮我记在账上，改天来拿。"他说。

"先生，六十五比塞塔，不少钱呢……"

"几个小钱。"

"那我给您写张收条。"

"我相信您。"

陌生人无所谓地验了验书。

"书是送人的，想拜托书店亲自转交。"

我犹豫了一会儿。

"书店原则上不送书上门。不过，这次我们乐意为您效劳，不收任何费用。请问送往巴塞罗那市区还是……？"

"就在这儿。"他说。

陌生人眼神冰冷，看来像是积怨多年，憋着一口恶气。

"我要把书包起来，先生想题词还是留条？"

客人艰难地翻到书名页，我这才发现，他的左手是假的，一只肉色的陶瓷手。他掏出自来水笔，写了几个字，把书还给我，转过身，我看着他一瘸一拐地往门口走。

"能告诉我收书人的姓名地址吗？"我问。

"全写在上面了。"他头也不回地答。

我打开书，翻到陌生人亲笔题词的那一页：

赠：费尔明·罗梅罗·德·托雷斯，他从死人堆里爬出，拥有开启未来的钥匙。

十三

我听见门上铃铛响，抬头一看，陌生人已经走了。

我赶紧跑到门口，探头往街上看。客人在笼罩圣安娜街的蓝色薄雾中，和其他身影一起，一瘸一拐，渐行渐远。我想叫他，却咬了舌头。最好让他一走了之，然而，向来毛手毛脚、缺乏常识的我选择跟着直觉走。

四

我挂上"打烊"的牌子，锁上店门，打算混在人群中跟踪陌生人。我知道如果父亲回来——这些天销售不畅，他头一回让我独自看店——发现我擅离职守，一定会劈头盖脸骂我一顿。不过，我会在路上想个好借口，宁愿得罪不太精明的父亲，也不愿让那个来者不善的家伙搅得我心神不宁，对他和费尔明之间的过节不明就里。

如何跟踪疑犯而不被发现是个精细活。除非有大批客人拖欠书款，职业书商很少有实战机会，经验八成源自于书架上一块钱一本的侦探小说。沐猴而冠仍是猴，虚虚实实的罪行却能将业余侦探打造成职业侦探。

我往兰布拉大道方向一边跟踪，一边回忆基本要领：间距五十米，找大块头做掩护，随时藏身于门廊或商店，以防目标突然转头或停下。来到兰布拉大道，陌生人穿过中央步道，往港口走。步道上悬挂着传统的圣诞装饰，不止一家商店的橱窗里摆放着彩灯、星星和天使，一派欣欣向荣的景象。既然收音机里说了，社会繁荣就是事实。

那些年，圣诞节依然带着魔幻和神秘的色彩。冬日里的灯光、默默无闻苟活于世的人们眼中的目光和心中的希望让圣诞装饰散发着一丝真善美的气息，至少孩子和学会遗忘的人们依然相信它的存在。

也许，正因此，在这如梦如幻的世界里，我才觉得作为跟踪目标的陌生人没有一丝圣诞气息，与周遭环境格格不入。他一瘸一拐，慢悠悠地走，时不时在花鸟摊位前停下，看看鹦鹉，赏赏玫瑰，似乎从来没见过这些玩意儿；还在兰布拉大道一两家书报亭前看看报纸头版、杂志封面，转转明信片架。他大概没来过这儿，像初来乍到的儿童或游客。可儿童和游客通常都会因人生地疏而显得单纯无辜；而那家伙即便有圣婴像的保佑——那圣婴的雕像正巧立在所经过的圣母教堂前——也无论如何与单纯无辜沾不上边。

此时，他看来被普埃塔费里萨街口对面的鸟摊吸引驻足，笼子里的一只淡玫瑰色鹦鹉斜睨着眼瞧他。他像走近书店的玻璃橱时那样走近鸟笼，开始对鹦鹉窃窃私语。那鸟儿看起来天生愚笨，阉鸡大小，毛色诱人，它没有被陌生人酸腐的口气熏倒，自始至终全神贯注，对他的言语颇感兴趣。为了彻底让他打消顾虑，鹦鹉居然还频频点头，兴奋不已，玫瑰色的羽毛根根竖起。

几分钟后，人鸟交流完毕，陌生人满意地离去。没过三十秒，我经过鸟摊，发现起了阵小小的骚动，惊慌失措的店员正忙不迭地蒙上鸟笼，因为那鸟儿准确无误地一遍遍叫道："佛朗哥，王八蛋！竖不起，扯鸡巴蛋！"从哪儿学的，我一清二楚。至少，陌生人还有点幽默感，敢冒天下之大不韪，这在那年头，和裙子短过膝盖一样少见。

突发事件让我走了会儿神，还以为人跟丢了，但很快又发现他正对着巴盖思珠宝店橱窗。我悄悄往前，潜到总督夫人府[1]门口一字排开的代笔摊位，仔细观察。陌生人的双眼如红宝石般熠熠生光，防弹玻璃后的黄金和名贵珠宝让他心驰神往，似乎就算鼎盛时期的拉克里奥耳美女合唱团成员排成一排，也拖不走他。

"年轻人，要写情书、申请、恳求信，还是给家乡亲人报个平安？"

我借摊位藏身，抄写员像个忏悔神父似的探出头来，希望能为我效劳。窗口招牌上写着：

奥斯瓦尔多·达里奥·德·莫特森

文人兼思想家

代写情书　申请

遗嘱　诗歌　贺信

请愿书　讣告　颂歌　论文　申诉书

申请及各种风格、各种韵律的文字

一毛钱一句（抒情诗除外）

寡妇、残疾人和未成年人特价

"怎么样，年轻人？来封情书？让妙龄少女在爱的气息中泪湿衣衫？算您便宜点。"

我给他看婚戒，抄写员奥斯瓦尔多不动声色地耸了耸肩。

"都什么时代了！"他说，"要是您知道有多少已婚男女来过

---

[1] 总督夫人府：位于巴塞罗那兰布拉大道，建于1772至1778年间，前秘鲁总督马努艾尔·德·阿玛特卸任后命人所建，为典型的巴洛克风格建筑。阿玛特英年早逝，遗孀长期居住于此，因此被称为"总督夫人府"。

这儿……"

我又看了看招牌，名字有点眼熟，就是想不起来。

"您的名字我听过……"

"好日子我过过，恐怕那时候听过。"

"是真名吗？"

"笔名，艺术家必须人如其名。出生时，我叫赫那罗·雷伯约，这名字谁会请你代写情书……算您便宜点，怎么样？来封激情洋溢、如饥似渴的情书？"

"下次吧！"

抄写员只好作罢，顺着我的目光，好奇地皱了皱眉。

"在看那个瘸子，是吗？"他脱口而出。

"您认识他？"我问。

"差不多从一周前起，我每天见他从这儿经过，站在珠宝店橱窗前傻看，似乎那里陈设的不是戒指项链，而是美人多莉塔[1]的屁股。"他说。

"跟他说过话吗？"

"有个同事帮他誊过一封信，他少了几个手指头……"

"哪个？"我问。

抄写员怀疑地看了看我，担心一回答，会流失一名潜在客户。

"小路易斯，对面贝多芬之家边上、长得像神学院学生的那个。"

我给他几个钱聊表谢意，他坚决不要。

"我靠笔杆子吃饭，不靠嘴皮子，这里个个如此。若哪天您有文字上的需要，记得来找我。"

他给我一张名片，和招牌上的内容一模一样。

---

[1] 美人多莉塔，原名玛利亚·亚涅斯·加西亚（1901—2001），西班牙著名歌手及舞蹈家，二十世纪四五十年代巴塞罗那歌舞场巨星。

"周一到周六,早八点到晚八点。"他详细说明,"奥斯瓦尔多,耍笔杆子的,愿为您和书信事业效劳。"

我把名片收好,感谢他的帮助。

"小鸽子要飞了。"他提醒我。

我转过身,见陌生人又往前走,赶紧跟上。他沿着兰布拉大道,来到菜市场门前,停下欣赏林林总总的摊位和进进出出装卸美食的人群。我见他一瘸一拐地走到匹诺曹酒吧,费了半天劲,兴致勃勃地爬上吧台前的一只高脚凳,让酒吧老板的小儿子胡安尼托半小时内陆续呈上各种珍馐。但我觉得他的身体状况不允许他大饱口福,只能大饱眼福。各式小点上桌,他却无法入口,只能追忆大快朵颐的过往。最后,他对自己百般忌口、见别人百般享受深感无奈,结账走到医院街街口。巴塞罗那的街道横七竖八,组成各种无法复制的几何图形。交汇在这个街口的,恰恰是古欧洲最大的歌剧院之一和北半球最没落的妓女市场之一。

五

那时,停泊在港的好几艘商船和军舰的水手来到兰布拉大道,满足各种欲望。见生意上门,一堆从业已久、急于开张的风尘女子拥到街口。我厌恶地看着紧身裙下静脉曲张、白得发紫的腿,看了让人心痛;再做一笔、洗手不干的憔悴容颜,怎么也让人联想不到"淫荡"二字。我以为,也许只有远洋漂流数月的水手才会上钩。不料,陌生人却与两位残花败柳调起了情,当她们是高级夜总会的红粉佳人。

"来啊,小心肝,我来给你做个按摩,保管让你年轻二十岁。"我听其中一个说,她差不多能当抄写员奥斯瓦尔多的外婆。

做个按摩，他小命就没了，我想。陌生人为谨慎起见，婉言谢绝。

"改天吧，美人。"他拐进拉巴尔街。

我跟了一百多米，他在欧罗巴客栈几乎正对面的一扇又小又黑的门前停下。他先进去，我等了半分钟才往里走。

跨过门槛，是一段黑乎乎的、消失在里间的楼梯。楼房像艘往左舷倾斜的船，湿气扑鼻，排水不畅，几乎沉进拉巴尔街的地下墓穴。门厅旁有个门房，一位穿着背心、满身油污、含着牙签、正在收听斗牛节目的人投来询问和敌视的目光。

"您一个人？"他有点好奇。

不用太聪明，也能猜到这里开钟点房。唯一不对劲的是街角那么多廉价维纳斯，我一个也没带来。

"您要是乐意，姑娘我帮您找。"他开始给我准备毛巾、肥皂、以及估摸是安全套之类的东西。

"其实，我只想来问您一个问题。"我说。

门房直翻白眼。

"半小时二十比塞塔，小姐您自己找。"

"很吸引人，也许改天吧。我想问您：两分钟前，是否有位先生上楼？年纪不小，身体不好，一个人，没带小姐。"

门房皱了皱眉。瞧他那眼神，立马把我从尊贵的客人贬为讨厌的苍蝇。

"我谁也没看见。好了，在我叫托奈特前，赶紧滚。"

托奈特想必不好对付。于是，我把仅剩的几个钱放在柜台上，冲他笑了笑，想化干戈为玉帛。钱一眨眼就没了，如果钱是虫子，门房戴塑料顶针的手就是变色龙的舌头。瞬息来去，无影无踪。

"你想知道什么？"

"我说的那位先生住在这儿吗？"

"一周前,他开了个房间。"

"知道他叫什么吗?"

"他预付了一个月的房钱,所以我没问。"

"知道他从哪儿来,做什么的?……"

"这里又不是情感诊所。来这里偷情的,我们啥也不问。再说,这人又不偷情,您掂量掂量。"

我又想了想。

"我只知道他时不时出个门,再回来,有时让我送葡萄酒、面包、蜂蜜上去,出手大方,屁话没有。"

"您肯定记不得他名字?"

他摇摇头。

"好吧!谢谢,麻烦了。"

我正想走,他又把我叫住。

"罗梅罗。"他说。

"您说什么?"

"好像他叫罗梅罗或差不多的名字……"

"罗梅罗·德·托雷斯?"

"没错。"

"费尔明·罗梅罗·德·托雷斯?"我不敢相信,再问一遍。

"就是这个。内战前,不是有个斗牛士就叫这名字?"门房问,"怪不得我听着耳熟……"

六

我走回书店,比出门前更迷惘。走过公爵夫人府前,抄写员奥斯瓦尔多向我举手致意。

"运气好吗？"他问。

我小声说，不好。

"跟小路易斯谈谈，没准他能想起什么。"

我点点头，来到小路易斯的摊位前。他正在清理各式笔头，见了我笑笑，请我坐下。

"想写什么？情书还是求职信？"

"您同事奥斯瓦尔多介绍我来的。"

"他是我们所有人的老师，"小路易斯估计不到二十五岁，"了不起的文人。世人有眼无珠，不识璞玉，他才落魄于此，当街为不识字的人效力。"

"奥斯瓦尔多说您有天接待过一位老先生，瘸腿，身体很糟，少只手，另一只手也少几根手指……"

"我想起来了。缺手的我都记得，因为塞万提斯的缘故[1]，您懂吧？"

"当然。能告诉我他为什么来这儿吗？"

话题一转，坐在椅子上的小路易斯吃了一惊，有些不快。

"您瞧，这里好比是忏悔室，凡事要守口如瓶，职业操守为重。"

"我一定遵守，可是，情况严重。"

"怎么个严重法？"

"严重到我爱的人生活受到威胁。"

"明白，可是……"

小路易斯伸长脖子，寻找街对面奥斯瓦尔多老师的目光。我见奥斯瓦尔多点了点头，小路易斯这才放下心来。

"老先生带来一封写好的信，让我誊，字迹工整些，因为他

---

[1] 《堂吉诃德》的作者塞万提斯参加过西班牙对土耳其的海战，失去了一条左臂。

的手……"

"信的内容……"

"不太记得了。您想:这里每天要写那么多封信。"

"好好想想,小路易斯,为了塞万提斯。"

"可能会和别的信搞混,不过我记得好像跟一大笔钱有关,独臂先生说会拿到或找回这笔钱,还提到一把钥匙。"

"一把钥匙。"

"没错。他没具体说是阀门、武术上的关键招式、还是门钥匙[1]。"

小路易斯笑了,他很得意能灵机一动开个玩笑。

"还记得什么?"

他若有所思地舔了舔嘴唇。

"他说城市变化很大。"

"哪里变化很大?"

"我不知道。城市变了,曝尸街头的没了。"

"曝尸街头?他这么说的?"

"如果我没记错的话……"

七

感谢了小路易斯提供的信息之后,我加快脚步,争取在父亲办完事前赶回书店,免得擅离职守被他发现。门上还挂着"打烊"的牌子。我打开门,摘下牌子,走进柜台,确信出门近三刻钟时间内没有顾客上门。

---

[1] 西语词汇 llave 一词多义,可指"阀门"、"武术(尤指柔道)上的关键招式"或"门钥匙",后文中还提到另一个意思"扳手"。

无所事事的我开始左右盘算：怎么处理这本《基督山伯爵》？费尔明来书店，怎么跟他说？我不想吓着他，可陌生人到访，我又无功而返，心里总不踏实。换个时机，我会照直说，可这次要谨慎行事。费尔明最近无精打采，脾气暴躁。我一直想逗他开心，可惜笨嘴拙舌，他始终难开笑颜。

"费尔明，别掸那些书上的灰尘了。听说玫瑰色小说[1]快没市场了，要流行黑色小说[2]。"我告诉他。评论家们把当年好容易才翻译引进一本的罪与罚式小说称为黑色小说。

听了我可怜的俏皮话，费尔明没有同情地一笑，而是随口借题发挥，既丧气又恶心。

"将来的小说全都是黑色的。在这同类相食的世纪下半叶，说得好听点，弥漫着虚伪和罪恶的香味。"他断言道。

又来了，我想，圣费尔明·罗梅罗·德·托雷斯的末世预言。

"会好的，费尔明，您得多晒太阳。那天报纸上说，维生素 D 可以增强对他人的信任。"

"报纸上还说，佛朗哥某个教子出版的破诗集能走向世界，莫斯托莱斯[3]之外的书店都没的卖。"他反驳道。

费尔明要是情绪低落，最好别跟他对着干。

"知道吗，达涅尔？有时候，我觉得达尔文错了。其实，人是从猪进化来的，十有八九都是扒手[4]，等着被抓。"他阐述理由。

"费尔明，我更愿意听您发表积极、人道的看法，就像那天，您说其实谁也不坏，只是胆小罢了。"

---

[1] 玫瑰色小说，即爱情小说，代表作家为科林·特娅朵（1927—2009）。科林于1946年发表第一部爱情小说后，连续创作了近4000部作品，售出近4亿本。由于爱情小说不牵涉政治，可以通过当年的佛朗哥政权审查，很大程度上满足了内战后广大民众文学阅读的需求。
[2] 黑色小说，代表作家为雷蒙·钱德勒、劳伦斯·布洛克等，盛行于二十世纪四五十年代，情节为犯罪小说，风格晦暗，愤世嫉俗。
[3] 莫斯托莱斯，马德里自治区第二大城市。
[4] 文字游戏，原文为 chorizo，有两个意思："熏肠"或"扒手"。

"大概是低血糖闹的,说的什么傻话!"

那些天,记忆中我所喜爱的那个胡说八道、爱开玩笑的费尔明不见了。他变得忧心忡忡,愁肠百结,难以相处。有时不经意间,我见到他缩在角落,内心痛苦不堪。他掉了不少肉,几乎成了皮包骨头,让人揪心。我跟他谈过几次,他都说没事,找个借口岔开话题。

"没什么,达涅尔。自从我一时兴起,关注联赛以来,巴萨一输球,我就血压低。来点拉曼恰奶酪,我会壮得像头牛。"

"真的?可您这辈子也没去看过球赛。"

"那是您认为的,库巴拉[1]和我一块儿长大!"

"我看您气色不好,要么病了,要么没好好保养。"

作为回应,他向我展示扁平的肱二头肌,笑得像送货上门的牙膏推销员。

"摸摸,过来摸摸,铁打的,像熙德[2]的宝剑。"

父亲说他身体欠佳,是婚礼闹的,紧张过度,要和教会搞好关系,要找承办婚宴的餐馆或小吃店。我总怀疑,他情绪低落另有原因。他在门口出现,脸色跟死人没两样。我见了,心里直犯嘀咕:告诉他早上的事、给他看那本书,还是另找机会?他看见我,无力地笑了笑,敬了个军礼。

"见到您真好,费尔明,我还以为您不来了。"

"我路过钟表铺,被堂费德里科耽搁了一会儿。他在嚼舌头根,说今天早上,有人见森贝雷先生衣冠楚楚地出现在普埃塔费里萨街上,去向不明。堂费德里科和小傻瓜麦瑟迪丝想知道他是不是找了个相好的。现如今,左邻右舍的店铺都在议论。要是相好的会唱

---

1 库巴拉(1927—2002),著名足球运动员,曾为巴萨球星,并出任巴萨及西班牙国家队主教练,是迄今为止执教时间最长的西班牙国家队教练。
2 熙德(1043—1099),原名罗德里格斯·迪亚斯·德·维瓦尔,西班牙民族英雄,在与摩尔人的战斗中,屡战屡胜,战功赫赫,是中世纪史诗《熙德之歌》的主人公。

歌，那他们更有得说。"

"您怎么说的？"

"我说：您父亲是鳏夫楷模，已重归处男之身，让科学界无比好奇，大主教辖区已火速授予其准圣徒称号。森贝雷先生的私生活，我不想跟自己人或外人做任何评论。私生活是他自己的事，与他人无关。谁要想造谣中伤，我就扇他个嘴巴子了事。"

"您不愧是老牌绅士，费尔明。"

"您父亲才是老牌绅士，达涅尔。咱俩私下说说，他要是偶尔出去找个乐子也没什么不好。书店做不出生意后，他整天关在店后工作间，抱着那本埃及亡灵书。"

"那叫账本。"我纠正道。

"管它叫什么呢！我想了不少日子，咱们应该带他去红磨坊找个女人玩玩。尽管说到这方面的需求，老先生比圆白菜海鲜饭还要淡而无味。我想，他要是跟身材火辣的女人亲密接触一把，脑袋会清醒些。"费尔明说。

"瞧这是谁在说话呢？乌鸦嘴！说实在的，让我担心的是您。"我提出抗议，"好多天了，您就像一只裹着风衣的蟑螂。"

"瞧您说的，达涅尔，绝对形象。我们有幸生活在这傻不拉叽、规则无常的社会。尽管蟑螂没有骄人的曼妙身段，但倒霉的节肢动物也好，您的仆人我也罢，都具备无与伦比的求生本能、无比旺盛的食欲和超强辐射下也无法消减的超强性欲。"

"费尔明，跟您说话，简直白搭。"

"问题是我的情绪容易调动，有点风吹草动，那玩意儿就有反应。可是我的朋友，您父亲是朵娇嫩的花，蔫掉前，得采取点行动。"

"费尔明，什么行动？"父亲的声音从背后响起，"别告诉我您打算安排小罗西奥和我一起去喝下午茶。"

我俩回过头,像做坏事当场被抓的学生。父亲带着娇嫩花朵所剩无几的光泽,站在门口严厉地看着我们。

八

"您怎么知道小罗西奥的事?"费尔明吃惊地小声嘟囔。

吓我们一跳,父亲很开心。他善意地笑了笑,冲我们挤了挤眼。

"我确实蔫了,不过耳朵还算好使。耳朵、脑袋都还行,所以决定做点什么,让生意起死回生。"他宣布,"红磨坊的事先等一等。"

我们这才发现,父亲拎回两大塑料袋和一只系着粗绳、包装好的大盒子。

"别告诉我你刚抢过拐角那家银行。"我问他。

"路过银行,我会尽量绕道走。费尔明说得没错:多半是银行抢你。我从圣塔露西亚市场来。"

费尔明和我一片茫然,互相看了看。

"你们不来帮帮我?这玩意儿沉得要死。"

我们把塑料袋里的东西拿出来,搬上柜台,父亲去拆盒子。塑料袋里全是包好的小物件,费尔明拆开一个,看了看,没看明白。

"是什么?"我问。

"我觉得是按一比一百的比例缩小的一头驴。"费尔明回答。

"什么?"

"头大耳长、颈项皮薄、温驯结实、风度翩翩、大方稳重地点缀在西班牙土地上的可爱的单蹄目四足动物,不过是微缩版,像帕拉乌商店出售的玩具小火车。"费尔明向我解释。

"是黏土做的驴子,放在耶稣诞生模型里。"父亲解释道。

"什么模型?"

父亲没开口,打开盒子,拿出刚买的可以点亮的大型耶稣诞生模型。我估计,他想用它装饰书店橱窗,在圣诞季招揽顾客。与此同时,费尔明拆出了好几头牛、骆驼、猪、鸭子、东方三王[1]、棕榈树、圣约瑟和圣母马利亚。

"套上国家天主教的枷锁,屈从于摆摆小物件、吃吃杏仁糖、讲讲传说故事的隐形教化手段,我觉得不是办法。"费尔明说。

"别说傻话,费尔明。这是美好的传统,人们喜欢在圣诞节看见耶稣诞生模型。"父亲打断他,"书店缺少应景的色彩和喜气。瞧瞧附近商店,相比较而言,我们这儿像死了人似的,暮气沉沉。来,帮我一把,搬到橱窗里。把桌上这些门蒂萨瓦尔[2]宣扬有关教会、贵族的永久产业可以自由转让出售的几卷本统统拿走,它们把顾客全吓跑了。"

"好吧好吧!"费尔明嘟囔着说。

我们仨支好模型,摆好小物件。费尔明一百个不愿意,紧锁眉头,到处找茬,宣泄不满。

"森贝雷先生,怎么会这样?刚出生的耶稣比生父大三倍,根本放不进摇篮。"

"没关系。小的全卖完了。"

"圣母边上的这个活像体格超重、抹了发蜡、穿着紧身短裤、推来推去、又躲来躲去的日本运动员。"

"那叫相扑运动员。"我说。

"没错。"费尔明表示认可。

---

[1] 按照《圣经旧约·马太福音》记载,圣母马利亚在伯利恒生下耶稣时,有三位国王按照星星的指引从东方来跪拜耶稣,并献上黄金、乳香和没药。
[2] 胡安·阿尔瓦雷斯·门蒂萨瓦尔(1790—1853),西班牙政治家、经济学家。

父亲无可奈何地叹了口气。

"瞧这眼神,像魔鬼缠身。"

"好了好了,费尔明,别说了,插插头。"父亲递给他电线,吩咐道。

费尔明像杂耍艺人,灵巧地从摆放模型的桌子底下钻过去,插上柜台最里面的插头。

"亮了。"父亲宣布,兴致勃勃地欣赏森贝雷父子书店橱窗里簇新耀眼的耶稣诞生模型。

"要么进取,要么死亡。[1]"他满意地又加一句。

"死亡。"费尔明低声说。

模型亮了还不到一分钟,一位母亲带着三个孩子在橱窗前停下,看看模型,迟疑片刻,勇敢地走进书店。

"下午好,"她说,"请问有圣徒故事集吗?"

"当然有,"父亲说,"请允许我向您推荐这本耶稣生平故事集,孩子们一定喜欢,插图精美,堂何塞·马里亚·佩曼[2]撰写的前言,不可多得。"

"哎呀,真不错!这年头,很难找到积极向上、让人读来舒坦的书了,没那么多案子、死人、搞不懂的东西……您说是不?"

费尔明直翻白眼,正要开口,我赶紧拦住,把他拖走。

"您说得没错。"父亲一边附和,一边用眼角示意我捆住费尔明的手、堵住费尔明的嘴,这桩买卖无论如何不能错过。

我把他推进店后工作间,确认门帘拉下,让父亲安安心心地去做买卖。

"费尔明,您哪根神经搭错了?我知道您不信耶稣诞生模型这些,我也表示尊重。但是,如果大个头的幼年耶稣和四头黏土做的

---

[1] 西班牙诗人维克多·柯尔克巴·埃莱罗的名言。
[2] 何塞·马里亚·佩曼(1897—1981),西班牙诗人、戏剧家、专栏作家。

猪能让父亲精神振奋,能为书店招揽顾客,我拜托您,离开存在主义布道坛,至少在营业时间里少摆那张臭脸。"

费尔明叹了口气,惭愧地点点头。

"达涅尔,我的朋友,我不是那个意思,"他说,"请您原谅。只要能挽救书店、让您父亲高兴,让我穿斗牛士服去走朝圣之路[1]也没问题。"

"您只要跟父亲说,用耶稣诞生模型的主意不错,顺着他的话说就行。"

费尔明点点头。

"这样不够。方才的胡言乱语,稍后我会向森贝雷先生道歉。我还会尽绵薄之力,给模型捐枚小人,以表百货公司的崛起也动摇不了我捍卫圣诞精神的决心。我干地下工作时有个朋友,他做的堂娜卡门·波洛·德·佛朗哥[2]模样的小人,栩栩如生,足以乱真。"

"捐个小羊羔或巴塔萨尔国王[3],他就会很高兴了。"

"遵命,达涅尔。现在,让我来做点实事,去开雷卡森斯寡妇送来的箱子,都搁一个礼拜了,尽落灰。"

"我帮您?"

"不用,您忙您的。"

我见他往店后尽头的仓库走,去套蓝大褂。

"费尔明。"我叫他。

他应声回头看我,我犹豫片刻。

"今天有件事,我想告诉您。"

"您说。"

"说实话,不知该怎么说,有人来找过您。"

---

[1] 西班牙的朝圣之路被称为"圣地亚哥之路",起点在西法边境,终点在天主教三大朝圣地之一、位于西班牙西北部的城市圣地亚哥德孔波斯特拉。
[2] 堂娜卡门·波洛·德·佛朗哥(1926—),西班牙大独裁者佛朗哥的独生女儿。
[3] 巴塔萨尔国王,前文提到的东方三王之一。

"是个美女？"费尔明问。他想装模作样，开开玩笑，但还是掩饰不了慌乱的眼神。

"是位先生，年纪很大，说真的，有点怪。"

"留名字了吗？"费尔明问。

我摇摇头。

"没有，不过，他给您留了这个。"

费尔明皱皱眉。我把客人两小时前买的书递给他，他接过去，不解地看了看封面。

"这不是玻璃橱里大仲马那本七个杜罗的书吗？"

我点点头。

"翻到第一页。"

费尔明乖乖照办，读到题词，突然脸色煞白，一时语塞。他闭了会儿眼，又睁开，默默地看着我。我觉得他五秒钟里老了五岁。

"客人走后，我去跟踪。"我说，"他在医院街欧罗巴客栈对面一家又脏又破的情人旅馆住了一星期，根据我调查的结果，他用的是假名，用了您的名字：费尔明·罗梅罗·德·托雷斯。我从总督夫人府门前一位抄写员那儿得知，他请人誊抄过一封信，信里提到一大笔钱。您知道这些事吗？"

费尔明的身子越缩越小，听一句，就像脑袋上挨了一棍。

"达涅尔，特别重要的是：别再跟踪，别再跟他说话，什么也别做，站得远远的，这家伙是个危险分子。"

"费尔明，那人是谁？"

费尔明合上书，藏到架子上几只箱子后面，瞅了瞅店里的情况，父亲还在招呼那位母亲，听不到我们讲话。他凑过来，声音很小：

"拜托了，别跟您父亲或其他人说半个字。"

"费尔明……"

"拜托了,看在我们是朋友的分上。"

"可是,费尔明。"

"拜托了,达涅尔。不能说,相信我。"

我很不情愿地答应了,给他看陌生人付的百元大钞,不用解释钱从哪儿来。

"这钱不吉利,达涅尔,捐给慈善机构的修女,或是街上的穷人,或者,最好一把火烧了。"

他二话不说,脱下蓝大褂,穿上毛边大衣,戴上贝雷帽。他的脑袋酷似火柴头,或达利[1]笔下熔化了的海鲜饭锅。

"您这就走?"

"告诉您父亲,我临时有点急事,能帮我这个忙吗?"

"当然可以,可是……"

"达涅尔,现在没法儿跟您解释。"

他一只手捂着肚子,似乎愁肠百结,另一只手比划,似乎想在空中抓住说不出口的话。

"费尔明,告诉我,也许我能帮您……"

他犹豫片刻,默默地摇摇头,往门厅走。我送他到门廊,目送他在细雨中离去,瘦弱的身躯似乎扛着整个世界。夜,前所未有的黑,笼罩在巴塞罗那上空。

九

科学证明:几个月大的小毛孩单凭直觉,总会选择凌晨父母好容易合眼那会儿嚎啕大哭,免得让他们连续休息半小时以上。

---

[1] 萨尔瓦多·达利(1904—1989):西班牙著名超现实主义画家,代表作为《记忆的永恒》。

那天凌晨和其他日子没什么不同，小胡利安三点醒来，二话不说便放声大哭。我睁开眼，转过头，身旁的贝亚在黑夜中仿佛闪闪发光。她缓缓苏醒，动了动，毯子下曲线玲珑，嘴里叽里咕噜，不知在说些什么。我自然而然地想去吻她的脖子，扯掉遮得严严实实的大衬衫——她生日时岳父送的，成心难为人，怎么洗怎么藏都丢不掉——但我忍住了。

"我来。"我亲亲她额头，小声说。

贝亚没说话，翻了个身，用枕头盖住脑袋。我赖在床上，欣赏她的背部曲线诱人地凹下去，世上所有的大衬衫都无法遮挡。贝亚才貌双全，我和她结婚近两年，每次在她暖暖的身旁醒来时，依然会惊讶。我慢慢拉下毯子，抚摸她天鹅绒般的大腿里侧，她用指甲掐我手腕。

"达涅尔，现在不行，孩子在哭！"

"我就知道你醒了。"

"这家里没法儿睡觉！一个男人不停地哭，另一个男人不停地摸你屁股，可怜的女人每晚只能睡两个多小时。"

"是你不要的，别后悔！"

我起床，穿过走道，来到后屋胡利安的房间。婚后不久，我们搬到书店阁楼。在阁楼住了二十五年之久的堂安纳克莱托教授决定退休，回老家塞戈维亚，在古罗马引水渠的影子下写讽刺诗，学烤乳猪。

小胡利安用高频高分贝的哭声迎接我，吵得震耳欲聋。我抱起他，闻闻尿布，反正没外人，初为人父的我使出浑身解数，在房里乱蹦乱跳乱说胡话，正做得投入，突然发现贝亚站在门口不以为然地看着我。

"给我，你这样，更会吵醒他。"

"他又没抱怨。"我抗议，把孩子交给她。

贝亚把孩子抱在怀里，哼着曲子，轻轻地摇。五秒钟后，孩子不哭了，和往常一样，冲着妈妈傻笑。

"走吧，"贝亚小声说，"我一会儿就来。"

充分证明对小毛孩束手无策后，我被勒令离开房间，回到卧室。明知当晚再也合不上眼，我还是往床上一躺。过了一会儿，贝亚进门，躺在我身边，叹了口气。

"我实在站不住了。"

我抱着她，静静地待了一会儿。

"我一直在想。"贝亚说。

发抖吧，达涅尔！我想。贝亚直起身，蹲坐在床上，对着我。

"等胡利安大一点，妈妈白天能照看几小时，我就出去工作。"

我点点头。

"去哪儿？"

"书店。"

为谨慎起见，我没开口。

"这样对你们好。"她又说，"你父亲已经不能工作那么多小时了；你听了别生气，对付客人，我比你在行；费尔明最近看起来很吓人。"

"我完全同意。"

"可怜的费尔明到底怎么了？有一天，我在街上遇到贝尔纳达，她失声痛哭。我带她去佩特里索尔街一家奶品店，软磨硬泡，才套出话来。她说费尔明怪极了，几天前在教堂拒填结婚文件。我觉得这家伙不想结婚，他跟你说过什么没有？"

"我也觉得不太对劲，"我信口胡说，"也许，贝尔纳达逼他太紧……"

贝亚默默地看着我。

"怎么了？"还是我开口。

"贝尔纳达让我别说。"

"别说什么？"

贝亚盯着我。

"这个月晚了。"

"晚了？活儿太多，来不及做？"

贝亚像看个傻瓜似的看着我。我脑子里灵光一闪。

"贝尔纳达有了？"

"你小声点，要把胡利安吵醒了。"

"她是不是有了？"我又问，气若游丝。

"有可能。"

"费尔明知道吗？"

"她还不想说，怕他跑。"

"费尔明不会。"

"你们这些男人，能跑，一定跑。"

她口气那么冲，吓我一跳。突然，她又甜甜一笑，简直让人搞不懂。

"你多么不了解我们。"

黑暗中，她坐起来，二话不说，脱下大衬衫扔到床边，先让我欣赏几秒，再趴上来，慢慢地舔我的唇。

"我又多么不了解你们。"她悄声说。

十

第二天，灯光闪闪的耶稣诞生模型效果显著，多少周来，我第一次见父亲微笑着在账本上记录销售情况。大清早起，多日不见的老客户和首次登门的新客户络绎而来，我全都让身为行家里手的父亲招呼。见他兴致勃勃地推荐书目、揣摩喜好、激发读者的好奇心，我由衷地感到高兴。那天注定是个好日子，多少周来第一个好日子。

"达涅尔，得把那套儿童文学名著插图本拿来，顶点出版社的，蓝色书脊。"

"应该在地下室，钥匙在你那儿吗？"

"贝亚拿走了，说下去找孩子的什么东西，好像没还回来，你看看抽屉。"

"这儿没有，我上去回家找找。"

父亲去招呼一位刚刚进门的先生，他想买本巴塞罗那咖啡馆史，我从店后工作间上楼。贝亚和我住得高，光线好，上下楼梯，既强身健体，又振奋精神。我在楼梯上遇到埃德尔米拉，她是寡妇，住在三楼，做过舞女，如今在家手绘圣女圣徒聊以为生。她在阿纳乌剧场舞台奋斗多年，膝盖严重受损，走小小一段楼梯也要双手紧紧抓住栏杆。即便如此，她嘴角永远带着微笑，说话永远温暖人心。

"达涅尔，您的漂亮妻子好吗？"

"她可没您漂亮，堂娜埃德尔米拉，我来扶您下楼？"

和往常一样，她谢绝帮忙，让我向费尔明问好。费尔明见她总是大献殷勤，提些让人害臊的建议。

我打开家门，嗅到贝亚的香水味和儿童以及儿童用品的奶香味。贝亚每天早起，用崭新的哈奈牌儿童推车推胡利安出门散步。车是费尔明送的，我们都叫它梅赛德斯-奔驰。

"贝亚？"我叫她。

房子很小，身后的门还没关上，声音又传了回来。贝亚出门去了。我站在餐厅，猜她的心思。她会把地下室的钥匙放在哪儿？她可比我有条理得多。我先从放收据、账单、零钱的餐桌抽屉找起，找到小桌子、果盘、架子。

再去厨房，贝亚习惯把便条和备忘录放在玻璃橱里，运气还是不好。最后找卧室，我站在床边，仔细环顾四周。贝亚占领了百分之七十五的柜子、抽屉和其他家具，理由是我的穿着一成不变，一个衣柜角就足够。她的抽屉有条不紊到令我叹为观止的程度，乱翻妻子的私人空间，我有些愧疚。我把能看见的家具统统找了一遍，钥匙还是没找到。

"回忆经过。"我自言自语。依稀记得贝亚说把夏天的衣服送去地下室是两天前的事。如果我没记错，她那天穿的是结婚一周年时我送的灰大衣。有点推理天赋。我笑了，打开衣柜门，在妻子的衣服里寻找灰大衣。找到了。如果柯南道尔及其门生所言不虚，父亲的钥匙应该就在大衣口袋。我把手伸进右边口袋，摸到两枚硬币和两颗药店赠送的薄荷糖；再摸另一边口袋，很高兴，推理正确，我的手指摸到了钥匙圈。

还有别的东西。

口袋里还有一张纸。我拿出钥匙，犹豫片刻，决定把纸也拿出来，也许是贝亚常列的清单，免得忘事。

我仔细一看，是只信封。一封信。收信人是贝亚特丽丝·阿吉拉尔，邮戳上的日期是一周前，寄到贝亚父母家，不是圣安娜街自己家。我把信封翻过来，看到寄信人的名字，地下室的钥匙失手掉在地上：

巴布罗·卡斯科斯·布恩迪亚

我坐在床边，盯着信封，脑子里一团乱麻。贝亚和我谈恋爱时，巴布罗·卡斯科斯·布恩迪亚是她未婚夫，世家子弟，在费罗尔有好几家造船厂和工厂。那家伙看我不顺眼，我也看他不顺眼。

当年，他是上尉，在服兵役。贝亚写信给他断绝关系后，就再也没有他的消息。直到现在。

贝亚的大衣口袋里，怎么会有前未婚夫近来的一封信？信开着口。头一分钟，我有所顾忌，没有把信抽出来。我发现这是第一次偷看贝亚的东西，差点把信放回去，离开现场。良知只持续了短短数秒，还没读完第一段，负疚感和羞耻感便已荡然无存。

亲爱的贝亚特丽丝：

希望你在巴塞罗那一切都好，新生活幸福美满。几个月来，我鸿雁传书，你只字未复。有时候，我自问，是否做过什么事，让你不想听到我的消息。我理解，你有家庭，有孩子，也许，给你写信不太合适。然而，我必须告诉你：无论时光如何流逝，我依然无法忘记你。我试过，但忘不了。说还爱你，我不脸红。

我的生活也踏上了一条新的道路。一年前，我开始在一家大型出版公司做商务主管。我知道，书对你而言意义重大，能从事一份与书有关的工作，让我觉得离你更近。我常驻马德里代表处，也会经常去西班牙各地出差。

我时常想你，想我们原本可以共同拥有的生活，想我们原本可以共同拥有的孩子……我每天都问自己：你的丈夫会不会让你幸福？你当初和他结婚，会不会是形势所迫？我不相信，他能给你的简朴生活就是你想要的生活。我了解你，我们是同学，是朋友，我们之间没有秘密。还记得我们在圣珀尔海滩共度的那些下午吗？还记得我们的计划、我们的梦想、我们的承诺？我对你的感觉，对别人再也没有过。和你分手后，我交往过几个女孩，可我知道，谁也比不上你。我亲吻别人时，想的是你；我抚摸别人时，想的是你。

一个月后，我要去出版公司巴塞罗那代表处，和人事部就公司今后的重组展开一系列会谈。其实，邮件和电话就能解决问题，此行的真正目的是想见你。我知道，你会以为我疯了，但总比以为我忘了你好。我一月二十日到，住在格兰大道的丽池酒店。请你答应，和我见上一面，哪怕只有一小会儿，让我当面诉说我的心声。二十一日中午两点，我在酒店餐厅订了位子，我会在那儿等你。如果你能前往，我会是世界上最幸福的男人。我会明白，仍有希望找回你的爱。

　　永远爱你的

巴布罗

　　我坐在几小时前与贝亚同枕共眠的床边，愣了几秒，把信放回信封，站起来，感觉肚子刚刚被人揍过一拳。我跑进厕所，把上午喝的咖啡全都吐进了洗脸池。我打开冷水管，把脸淋湿。十六岁的达涅尔，第一次颤抖着抚摸贝亚的达涅尔在镜子里看我。

十一

　　下楼回到书店，父亲看了看表，投来询问的目光。我想，他在纳闷这半小时我去哪儿了。我什么也没说，递给他地下室的钥匙，尽量避开他眼睛。
　　"你不打算下去找书？"他问。
　　"噢，对不起，现在就去。"
　　父亲斜着眼看着我。
　　"你好吗，达涅尔？"

我点点头，佯装对他的问题感到诧异，没等他再问，赶紧去地下室找他要的书。入口在大楼门厅尽头，下一段楼梯，是上锁的大铁门，台阶螺旋而下，里头黑咕隆咚，湿乎乎的，还有股说不出的类似黏土和枯花的味道，顶上挂着一小溜灯泡，微弱昏暗，像防空洞。我拾级而下，来到地下室，在墙上摸电灯开关。

头顶亮了一盏昏黄的电灯泡，这里充其量是个大杂物间：废弃的旧自行车、蒙着蜘蛛网的画、木头架子上堆着一个个纸箱，木头受潮发白。看到这幅场景，谁也不愿多待。直到亲眼目睹，我才明白，为何贝亚总是自告奋勇，亲自下来，不让我代劳。我仔细查看堆满杂物的迷宫，琢磨这儿还藏着什么秘密。

我缓过神来，叹了口气。信上的文字像滴滴硫酸，腐蚀着我的心。我告诉自己：绝不翻纸箱，找那家伙寄来的香味情书。要不是听见楼梯上有人下来，几秒钟后我就会反悔。我一抬头看见了费尔明。他恶心地看着眼前的场景。

"喂，这儿一股死人味儿，哪个纸箱里装着涂了防腐剂、披着针织披肩的圣母遗体？"

"既然您在这儿，帮我把父亲要的几个纸箱抬上去。"

费尔明卷起袖子，准备干活。我指着两个有顶点出版社标识的纸箱，我俩一人一个。

"达涅尔，您脸色比我还糟，怎么回事？"

"可能是被地下室的味儿熏的。"

插科打诨骗不了费尔明。我把纸箱往地上一放，往上一坐。

"费尔明，能问您一个问题吗？"

费尔明放下纸箱，也把它当凳子坐。我看看他，欲言又止。

"夫妻问题？"他问。

我的脸腾地一红。知我者，费尔明也。

"差不多。"

"贝亚夫人?她可是百里挑一的好女人,没欲望?还是欲望过剩,您尽不了最起码的义务?您想:女人有孩子,好比在血管里释放了一枚荷尔蒙原子弹,大自然的伟大奥秘之一在于分娩后二十秒,她们怎么没发疯。我知道这些,是因为除了自由体诗歌,我也爱好产科学。"

"据我所知,不是这个。"

费尔明奇怪地看着我。

"我求您,别告诉任何人。"

费尔明郑重其事地在胸口画了个十字。

"刚才,我无意中在贝亚的大衣口袋里发现一封信。"

我顿了顿,他没着急。

"怎么了?"

"是她前未婚夫写来的。"

"那个当兵的?不是乖乖地到埃尔费罗尔德尔考迪罗[1]奔远大前程去了吗?"

"我也以为。谁知道,他闲下来给我妻子写情书。"

费尔明跳了起来。

"我操他妈!"他叽里咕噜,比我还火。

我从口袋里掏出信,递给他。费尔明打开前,先闻了闻。

"是我香,还是这王八羔子的信纸香?"他问。

"我没在意,不过也不奇怪,他是这样的。精彩的在后头,您念念,念念……"

费尔明边念,边小声诅咒。

"这家伙除了厚颜无耻,还十分做作。单凭这句'亲吻别人',就该罚他去蹲一天监狱。"

---

[1] 费罗尔,独裁者佛朗哥的家乡。1938 至 1980 年间,名为埃尔费罗尔德尔考迪罗,意为"属于元首的费罗尔"。

我把信收好，看着地面。

"您总不会怀疑贝亚夫人吧？"费尔明不相信地问。

"没有，当然没有。"

"您撒谎。"

我站起来，在地下室里乱转。

"要是您在贝尔纳达的口袋里发现这样一封信，您会怎么办？"

费尔明严肃地想了想。

"我会相信我孩子的母亲。"

"相信她？"

费尔明点点头。

"达涅尔，您听了别生气，您身上有和绝世女子成婚的男人的通病。对我而言，贝亚夫人无论现在还是将来都是圣女，套用一句俗话，是蘸面包、舔手指的美味。可想而知，各种男人，放荡的、失意的、神气的都会凑到她屁股后头，她有丈夫有儿子也好，没丈夫没儿子也罢，套上衣服的猴子、被我们好心称之为人的动物都会一个劲儿地往上凑。您恐怕没在意，我敢用内裤打赌，您圣洁的妻子招来的狂蜂浪蝶比四月春[1]上的蜜罐招来的还要多。这个蠢货是一只心怀歹念、投石问路的小鸟。听我的，脑袋清醒、衬裙裹紧的女人会对这些人敬而远之。"

"您肯定？"

"不肯定才怪。您以为呢？堂娜贝亚特丽丝要是想红杏出墙，还要等到这个差劲的小子唱着老掉牙的博莱罗情歌来讨她欢心？要是她袅袅婷婷地带儿子出门散步，没惹来十个追求者，那就一个也不会惹。听我的，我知道自己在说什么。"

"好吧，听您这么说，不知道算不算安慰。"

---

[1] 四月春，西班牙南部城市塞维利亚的传统节日。

"听着,您只要把信放回大衣口袋,当什么也没发生,什么也别跟您夫人提。"

"换了您,您会这么做?"

"换了我,我会去找那个混蛋,狠狠地踢他的命根,把他阉了,让他只能去庙里当和尚。不过我是我,您是您。"

痛苦就像清水里的一滴油,在我心头荡漾。

"费尔明,我也不知道您是不是帮了我。"

他耸耸肩,搬起箱子,消失在楼梯上。

那天早上随后的时间里,我们都在书店忙活。信的事,我盘算了两小时,终于想明白了:费尔明说得没错。没想明白的是:究竟该相信贝亚、绝口不提,还是该打上门去、揍得他满地找牙?柜台上的日历显示,今天是十二月二十日,我还有一个月的时间可以考虑。

那天挺热闹,书店盈利一般,但人气很旺。费尔明不失时机地对父亲大加褒奖,说耶稣诞生模型功不可没,酷似巴斯克抬石头赛[1]参赛者模样的圣婴大放异彩。

"既然您已经是销售冠军,我去店后工作间清扫一下,准备整理寡妇送来的那堆书。"

趁此机会,我跟着他来到工作间,放下门帘。他看看我,有些慌张;我冲他笑笑,让他放心。

"您要是愿意,我来帮您。"

"行,达涅尔。"

几分钟后,我俩开始拆箱,按类别、新旧、大小摆成几堆。费尔明回避着我的视线,也不开口。

---

[1] 巴斯克地区位于西班牙北部,巴斯克人热爱自然,传统体育项目有斧头砍树、抬石头、拔河等,都在露天进行,十分艰苦。

"费尔明……"

"我跟您说了,别担心那封信。您夫人不是水性杨花的女人。她要是哪天想把您甩了——上帝保佑永远不会有这一天,会痛痛快快地当面跟您说,不会留肥皂剧里的悬念。"

"明白了,费尔明,不为这个。"

费尔明痛苦地抬起头,看着我走近。

"今晚打烊后,我想约您一起去吃饭,"我开口,"说说咱们的事,说说那天的不速之客,说说您担心的事。我能感觉到,那事和不速之客有关。"

费尔明将正在清理的书放在桌上,垂头丧气地看着我,叹了口气。

"我有麻烦了,达涅尔,"他终于小声说,"不知该怎么办。"

我把手放到他肩膀上。他的衣服下只有皮包骨头。

"让我帮您。两个人一起对付,麻烦就没那么大。"

他看着我,一脸落寞。

"再大的麻烦,我俩也能并肩战胜。"我坚持说。

他悲伤地笑了笑,对我的话半信半疑。

"您是个好朋友,达涅尔。"

要做配得上他的好朋友,我还差一半呢。我想。

十二

当时,费尔明还住在华金·柯斯塔街的旧客栈。据可靠消息,其他住户和小罗西奥以及她的铁杆姐妹秘密行动,精诚合作,正在为他筹备足以名垂史册的告别单身聚会。过了九点,我去找他时,他在门厅等我。

"说真的,我不太饿。"他一见我便说。

"真遗憾,我想去坎路易斯,"我提议,"今晚有烩鹰嘴豆,外加烩牛头牛蹄……"

"好吧,不用着急。"费尔明附议,"珍馐美馔如豆蔻少女,暴殄天物乃傻瓜所为。"

我们牢记着伟人堂费尔明·罗梅罗·德·托雷斯的这句名言,走到全巴塞罗那乃至大半个地球他最钟爱的餐厅之一:坎路易斯。餐厅位于蜡像街四十九号,拉巴尔街中段,门面简朴,略带一抹巴塞罗那老城的神秘。这里菜品精良,服务一流,价格连费尔明和我也能接受。周一到周四晚,放荡不羁的戏剧界、文学界人士和其他混得好或混得不好的人在这里觥筹交错,纵情狂欢。

一进门,我们就看见书店常客、本地学者、在文学系任职的著名批评家兼撰稿人阿尔布盖尔盖教授坐在吧台,边吃饭,边看报纸。他把餐厅当成了自己的另一个家。

"教授,最近难得一见!"我从他身旁走过,对他说,"哪天来看看我们,屯点精神食粮,只看《先锋报》上的讣告栏可活不下去!"

"我也想啊!都是该死的论文害的。那群小子给我写的东西乱七八糟,再看下去,早晚会产生阅读障碍。"

这时,服务生送来饭后甜品:浑圆饱满、颤颤悠悠、洒满焦糖、香草口味的慕斯蛋糕。

"先生,您两勺就能把这份美味给解决掉,"费尔明说,"甜甜蜜蜜、颤颤悠悠,活像堂娜玛格丽特·希尔古[1]的酥胸。"

博学的老师在费尔明的点拨下仔细欣赏,陶醉地点头称是。我

---

[1] 玛格丽特·希尔古(1888—1969),西班牙著名演员,以上演加西亚·洛尔卡的作品成名,内战后流亡,加入乌拉圭国籍。

们让学者品味眼前美人似的蜜糖，躲进里头角落。不一会儿，丰盛的晚餐摆上了桌，费尔明大快朵颐，风卷残云地吃了个干净。

"我还以为您没胃口。"我忍不住说。

"肌肉要求摄取卡路里。"费尔明向我解释，用小篮子里的最后一块面包把盘子擦得锃亮，尽管我认为他纯属化焦虑为食量。

招呼我们的服务生佩雷过来看吃得如何，见费尔明将战场打扫得干干净净，递上甜品单。

"大师，再来点甜品？"

"我说，要是来两个刚才见过的慕斯蛋糕，我一定不会反对。可能的话，顶上各放一枚鲜红的樱桃。"费尔明说。

佩雷点点头，告诉我们，餐厅老板听了费尔明的精彩评点，已决定将慕斯蛋糕重新命名为"玛格丽特"。

"来杯牛奶咖啡就行。"我说。

"老板吩咐：甜品和咖啡免单。"佩雷说。

我们举起酒杯，向餐厅老板遥遥致意，他正在吧台和阿尔布盖尔盖老师聊天。

"好人啊！"费尔明嘟哝，"有时我都忘了，世上并非人人可恶。"

他的语气生硬苦涩，让我吃惊。

"费尔明，您何出此言？"

他耸耸肩。没过一会儿，两个慕斯蛋糕来了，颤颤悠悠，充满诱惑，顶上各有一只鲜亮的红樱桃。

"我得提醒您：再过几周，您就要结婚了。到时候，再也没'玛格丽特'可吃了。"我跟他打趣。

"可怜的我呀！"费尔明说，"也就是嘴上说说，再也不是过去的我了。"

"谁都不再是过去的自己。"

费尔明高高兴兴地品尝两个慕斯蛋糕。

"记不得我在哪儿读过:其实,谁都不再是过去的自己,记忆中只有未曾发生的事……"费尔明说。

"是胡利安·卡拉斯一部小说的开头。"我接住他话头。

"没错。咱们的朋友卡拉斯如今在哪儿?难道您没问过自己?"

"每天都问。"

回想昔日的冒险经历,费尔明笑了。他带着询问的表情,指着我胸口。

"还疼吗?"

我解开两个衬衫扣子,给他看在废弃的雾中天使大宅里,傅梅洛警官的子弹穿胸而过留下的疤痕,那天已经非常遥远。

"有时候会。"

"疤痕永远不会消失,是真的吗?"

"我觉得,疤痕去了会再来。费尔明,看着我的眼睛。"

费尔明飘忽的眼神终于看着我。

"发生了什么事,能告诉我吗?"

他犹豫几秒。

"知道贝尔纳达有了吗?"他问。

"我不知道,"我撒谎,"您担心的是这个?"

费尔明摇摇头,用小勺吃完第二个慕斯蛋糕,舔掉剩下的焦糖。

"可怜的女人,她还犯愁,不打算告诉我。可这消息会把我变成世上最幸福的男人。"

我仔细看他。

"想听实话吗?现在,我挨您这么近,没觉得您幸福。是因为婚礼?您担心结婚那些事?"

"不是,达涅尔。就算有神父在场,婚礼依然让我满怀期待。

如果可以,我愿意每天和贝尔纳达结婚。"

"那为什么?"

"您知道一个人结婚,首先要什么?"

"名字。"我不假思索。

费尔明缓缓地点了点头。在那之前,我从来没想过这个问题。我突然明白了,好友陷入了怎样的困境。

"达涅尔,还记得多年之前,我跟您说过的话吗?"

我记得很清楚。内战中,傅梅洛警官加入纳粹前,是个雇佣杀手。因为他的卑鄙,费尔明锒铛入狱,差点丧失理智,丢掉性命。奇迹般地活着出狱后,他决定改名换姓,和过去一刀两断。奄奄一息的他借用了莫努门塔尔斗牛场旧海报上的名字。于是,费尔明·罗梅罗·德·托雷斯横空出世,每天虚构自己的人生。

"所以,您拒填结婚文件,"我说,"因为您不能用费尔明·罗梅罗·德·托雷斯这个名字。"

费尔明点点头。

"瞧,我敢肯定,咱们能想出办法,帮您搞到新的身份文件。还记得离开警队的白莱修中尉吗?他如今在波纳诺瓦中学教体育,常来书店随便聊聊。他提过,有个地下黑市,专门给多年在外、打算回国的人做新的身份文件。他认识一个,跟警局有关系,在阿塔拉萨纳斯附近有间作坊,只要一百比塞塔,就能搞到新身份证,部里还有官方记录。"

"我知道,他叫埃雷迪亚,曾经的艺术大师。"

"曾经的?"

"两个月前,他的尸体漂浮在港口,说是在防波堤散步,一头栽下去的。明明两只手捆在背后,纳粹真幽默。"

"您认识他?"

"我们打过交道。"

"这么说,您有文件,能证明您是费尔明·罗梅罗·德·托雷斯……"

"三九年内战结束前,埃雷迪亚帮我搞过。当时局势一团糟,浑水摸鱼易如反掌。国之将倾,什么都卖,连家族徽章都能三文不值二文地卖给你。"

"可是,您为什么不能用这个名字?"

"因为费尔明·罗梅罗·德·托雷斯一九四〇年死了。那是什么世道呀!达涅尔,比现在糟一百倍。可怜的费尔明连一年都没活到。"

"死了?在哪儿死的?怎么死的?"

"在蒙锥克城堡监狱十三号牢房。"

我想起陌生人在《基督山伯爵》中给费尔明的题词:

赠:费尔明·罗梅罗·德·托雷斯,他从死人堆里爬出,拥有开启未来的钥匙。

十三

"那天晚上,我只说了故事的一小部分,达涅尔。"

"我还以为您信任我。"

"我闭着眼,也会把一生如实相告。不是信任不信任,我只说一部分,是想保护您。"

"保护我?我需要保护?保护我什么?"

费尔明很崩溃,他低下头。

"不为真相所伤,达涅尔……不为真相所伤。"

第二部　死人堆

一

巴塞罗那　一九三九年

新犯人总是夜里运来。汽车或黑色小货车从拉耶塔纳大街的警局出发，无声无息地穿城而过，无人察觉，或无人愿意察觉。警局社会组的汽车沿老公路往蒙锥克山上开，不止一人说过：远远看见城堡的轮廓，顶上压着海上升起的乌云，就知道再也不会活着从那儿出来。

城堡牢固地建在山顶，东边是大海，北边是黑压压的巴塞罗那城，南边是无边无际的亡者之城——老蒙锥克墓园。墓园的恶臭往山上爬，从石头缝和牢房的铁门里钻进去。城堡曾用来炮轰城市。巴塞罗那一月沦陷，四月完败。没过几个月，死神悄悄在此安家落户，巴塞罗那人陷入了历史上最漫长的黑夜。为了看不到山顶上的监狱，他们宁可不抬头望天。

政治犯们进去就有个号，通常是有去无回的牢房号。对于大部分房客——有个狱卒爱这么称谓——来说，通往城堡的路是条不归路。十三号房客抵达蒙锥克的那个晚上，大雨倾盆。一股股黑色的水流渗进石墙，空气中散发着腐土的恶臭。两名警察把他押进一个房间，里面只有一张金属桌子和一把椅子。天花板上挂着一只光秃秃的灯泡，发电机能量不足，灯泡一闪一闪。囚犯衣服湿透，站在那儿等了差不多半小时，一名看守端着步枪监视。

脚步声终于传来，门开了，进来一位不到三十岁的年轻人，穿着刚熨好的毛料西装，洒着古龙水，既不像职业军人，也不属警察部队，五官柔和，表情和蔼。犯人心想：他像个少爷，很迁就，似乎身处此情此景，实乃纡尊降贵。他脸上最醒目的是眼睛：蓝色、深邃、贪婪、多疑。他衣着考究、外表俊朗、举止和善，只有从眼睛方能看出其本性。

圆镜片让他的眼睛看上去更大，抹上蜡往后梳的发型使他看起来有些做作，和灰暗阴沉的房间摆设极不相称。那人在办公桌后的椅子上坐下，打开手里的文件夹，扫一眼，便合拢双手，指肚朝上托着下巴，久久地看着犯人。

"对不起，我觉得这是个误会……"

犯人肚子上挨了一枪托，一口气喘不过来，缩成一团，倒在地上。

"典狱长问话，你再开口。"看守指示。

"站起来。"典狱长声音发抖，他还不太习惯发号施令。

犯人好容易站起来，面对典狱长不悦的目光。

"姓名？"

"费尔明·罗梅罗·德·托雷斯。"

犯人看见那双蓝眼睛里透着轻蔑和不屑。

"这是什么名字？当我是傻瓜？说你的姓名，真实姓名。"

矮小羸弱的犯人把身份文件呈给典狱长。看守一把夺了过去，递到桌上。典狱长瞟了一眼，咂着嘴微笑。

"又是埃雷迪亚的手笔……"他小声说，把文件扔进字纸篓，"这个不管用。你告诉我名字，还是咱们动真格的？"

十三号房客想开口说话，但他嘴唇发抖，说的话没人听得懂。

"别怕，老兄，我们又不吃人。他们跟你说什么了？不少混蛋赤党分子到处散布谣言。在这里，只要合作，会像西班牙人那样对待你。来，把衣服脱了。"

房客有些犹豫。典狱长低下头，似乎他也不想看见这种场面，只是因为犯人顽抗，自己才不得已留在那儿。过了一会儿，看守又给他一枪托,这次打在腰上,又把他打倒在地。

"你已经听到典狱长的话了,脱!我们可不想耗一夜。"

十三号房客好容易跪在地上,把裹在身上沾满鲜血和污垢的衣服一件件脱下。刚脱完,看守把步枪塞到他肩膀底下,拉他起来。典狱长抬起头,见他身体、屁股、大腿多处灼痕累累,一脸不悦。

"看来,这位仁兄是傅梅洛的老相识。"看守说。

"您给我闭嘴。"典狱长下令,但口气不太强硬。

他不耐烦地瞅了瞅犯人,见他在哭。

"好了好了,别哭了。告诉我,你叫什么名字?"

犯人又低声说出自己的名字。

"费尔明·罗梅罗·德·托雷斯……"

典狱长厌烦地叹了口气。

"瞧,你开始让我失去耐心。我想帮你,不想打电话给傅梅洛,告诉他你在这儿……"

犯人像受伤的狗那样呻吟,像筛子那样抖个不停。典狱长显然不想看到如此场面,只想尽早走完程序。他和看守对视一眼,没有交谈,低声诅咒,直接在登记簿上记下犯人报上的姓名。

"该死的战争。"他自言自语。犯人一丝不挂,从积水的走道被拖进牢房。

二

牢房四四方方,阴暗潮湿,岩石上凿了个小洞,直灌冷风。墙壁上的符号和痕迹是以往的房客留下的,有些是姓名和日期,有些是其他曾经存在的证据。有人闲来无事,用指甲在暗处抠出许多十字架,可惜老天不长眼,没看见。牢房的铁栏杆锈迹斑斑,摸一把就是满手锈。

费尔明缩在又脏又破的床上，想拉块破布盖着身子，这块布估计也当毯子、床垫和枕头。黑夜里有淡淡的古铜色，像即将熄灭的烛光。很快，眼睛适应了持久的黑暗，听觉也变得灵敏起来，在不间歇的滴水声和外面透进的风声中，可以辨出身体轻微的动静。

费尔明待了半小时，才发现牢房那头有只口袋。他站起身，慢慢走过去，看见那是只脏兮兮的帆布口袋。寒冷和潮气刺得他骨头疼。尽管口袋上有多处暗斑，味道闻上去也不对劲，费尔明心想，也许里头有件谁也懒得给他的囚服，运气好的话，还能有床遮风取暖的毯子。他在口袋前跪下，解开一头的绳结。

褪下帆布，在走道摇曳闪烁的油灯光下，有那么一会儿，他以为看见的是一张人体模特的脸，橱窗里展示时装的那种。臭味儿加恶心让他意识到那根本不是什么人体模特。他用手捂住鼻子和嘴，将帆布全部拉下，退到墙边。

尸体属于成年人，年龄不详，四十到七十五岁之间，体重不超过五十公斤；骨瘦如柴的身体大部分被长发白须所覆盖，皮包骨头的手上指甲又弯又长，像鸟爪；双目圆睁，眼角膜像成熟的水果那样皱巴巴的；嘴巴半开半闭，舌头又肿又黑，卡在两排烂牙齿间。

"趁他没被拖走，把衣服扒下来。"走道对面的牢房传出一个声音，"到下个月前，谁也不会给您送衣服来。"

费尔明透过黑暗，发现对面牢房的床上有双明亮的眼睛在注视着他。

"别怕，可怜的家伙不会再伤害任何人。"那声音向他保证。

费尔明点点头，走回口袋边上，不知该如何下手。

"请原谅，"他小声对死者说，"愿您安息，与上帝同在。"

"他是无神论者。"对面牢房声音又起。

费尔明点点头，抛开仪式。牢房里寒气彻骨，似乎在提醒他，一切礼数纯属多余。他屏住呼吸,开始动手。衣服和尸体一个味儿,尸体开始渐渐僵硬,衣服比想象中难脱得多。"华服"到手,他又把尸体装进袋子,打了个连了不起的胡迪尼[1]也对付不了的水手结,最后套上那件到处断线、臭气熏天的衣服,蜷回到床上,问自己这囚服究竟有多少人穿过。

"谢谢。"他终于开口。

"不用谢。"走道对面的声音答道。

"费尔明·罗梅罗·德·托雷斯,愿为您效劳。"

"大卫·马丁。"

费尔明皱了皱眉,这名字耳熟。他在时空记忆里搜寻了差不多五分钟,突然灵光一闪,想起那些下午,他曾待在卡门图书馆的角落,如饥似渴地阅读封面和标题均有伤风化的那套书。

"马丁,那个作家?写《诅咒之城》那个?"

黑暗中传来一声叹息。

"笔名在本国,已无人尊重。"

"恕我冒失,本人的爱书方式有些老套。我知道,您的笔名是伊格内修斯·B·参孙……"

"愿为您效劳。"

"马丁先生,很高兴认识您,尽管是在如此糟糕的环境下。我对您崇拜多年……"

"小斑鸠们,可不可以闭嘴?人家要睡觉!"隔壁牢房似乎有人很不高兴地大叫。

"正说到兴头上,"走道更远处传来另一个声音,"马丁,别理他。在这儿,睡着了,也会活活被臭虫吃掉,从最不要脸的那个吃起。喂,马丁,说个故事听听,关于珂洛伊的……"

---

[1] 哈利·胡迪尼(1874—1926),美国特技魔术师,著名逃逸大师。

"没错,好让你像小毛孩似的对她做白日梦。"敌意的声音又说。

"费尔明,"马丁从牢房对他说,"请允许我向您介绍十二号,他认为世间万物一无是处;十五号,失眠症患者,本条走道的文化人及官方意识形态思想家。其他人不爱说话,尤其是十四号。"

"有话说,我才会说。"插进来的一个声音低沉冰冷,估计出自十四号之口,"若所有人如此,夜里就消停了。"

费尔明在脑海中掂量如此特殊的狱友群。

"大家晚上好。我叫费尔明·罗梅罗·德·托雷斯,很高兴认识你们。"

"要高兴,自个儿高兴去。"十二号反驳。

"欢迎欢迎,希望您别住得太久。"十四号搭腔。

费尔明又看了一眼装尸袋,咽了口吐沫。

"他是卢西奥,以前的十三号。"马丁解释道,"我们对他一无所知,因为这可怜人是个哑巴。埃布罗河战役中,子弹打伤了他的喉咙。"

"真遗憾,只打伤了他一个人的喉咙。"十九号抗议。

"他怎么死的?"费尔明问。

"蹲监狱蹲死的,"十二号回答,"不需要其他原因。"

三

好在狱中生活按部就班。头两条走道的犯人每天一次,去院子放风一小时,晒太阳、淋雨,遇到什么是什么。饭菜是半碗冰冷油腻的灰色糊状物,成分不详,吃起来像搁过好多天。肚子饿得慌,吃吃就习惯了。下午不早不晚的时候送来,久而久之,倒也令人期待。

脏衣服每月收一次，发来的衣服原则上在沸水中浸泡过一分钟，尽管臭虫们死活不承认。每周日做弥撒，建议参加，但没人敢不参加。神父点名，缺席的要记名字。缺席两次，一周没饭吃；缺席三次，上塔楼关一个月禁闭。

犯人活动的走道、院子等空间都被严密监视。一群看守佩步枪或手枪在狱中巡逻，犯人一旦走出牢房，随便往哪个方向看，至少能看到一打目光如炬、荷枪实弹的看守。除了他们，还有不那么可怕的狱卒，没一个像当过兵。犯人们都说，世道不好，他们是一群找不到更好工作的倒霉蛋。

每条走道分配一名狱卒，十二小时轮班，拿着一大串钥匙，坐在走道口的一张椅子上。大部分狱卒避免和犯人称兄道弟，甚至不到万不得已，一眼不看，一句不说。绰号叫贝波的可怜鬼是个例外，他在塞克镇一家工厂当夜间看守时遭空袭，炸飞了一只眼。

听说贝波有个孪生兄弟，被关在瓦伦西亚监狱。也许，正因为这样，他才对犯人好，偷偷给他们饮用水和一些干面包，犯人家属送来的东西被看守中饱私囊，他也想方设法弄一点进来。贝波喜欢将椅子拖到大卫·马丁的牢房附近，听他给狱友讲故事。贝波是那个特殊地狱里最像天使的人。

通常，周日弥撒后，典狱长会对犯人说些高屋建瓴的话。大家只知道他叫毛利西奥·巴尔斯，内战前想当文人墨客，给当地一位小有名气的作家当秘书兼搬弄是非，东家和英年早逝的堂佩德罗·维达尔是死对头。闲暇时间，他会把希腊文和拉丁文名著拿过来乱翻一气，和狐朋狗友编过一本心比天高、命比纸薄的文化类小册子，组织过若干场沙龙，一帮志趣相投的杰出人士长吁短叹，纷纷预言，哪天世界由他们操盘，保管升到奥林匹斯山。

他的一生似乎注定在痛苦、无名和平庸中度过，残忍无比的上帝只安排他们做做伟大加夸大的强者梦。然而，战争改写了他的命运，正如改写许多人的命运。当年只爱惊世才华、高雅品位的毛利西奥·巴尔斯和一位有权有势的实业家的千金喜结连理。岳父给佛朗哥将军和军队提供了所需的绝大部分资金。机缘巧合加入赘豪门，让他时来运转。

新娘比毛利西奥大八岁，身患先天性疾病，危及肌肉和生命，十三岁起坐轮椅。从来没有男人看着她的眼、握着她的手，说她很美，问她姓名。毛利西奥和所有才疏学浅的文人一样，骨子里爱虚荣、重实利，是第一个、也是最后一个这样做的男人。一年后，两人在塞维利亚结婚，出席的贵宾有基波·德·雅诺将军[1]和其他国民军高级将领。

"您会有出息的，巴尔斯。"塞拉诺·苏尼尔[2]在马德里一次私人招待会上亲口对他说。巴尔斯专程前往，想跟他讨个国家图书馆馆长的职位。

"国难当头，真正的西班牙人应该众志成城，制止妄图腐蚀民族精神的马克思主义暴民。"最高元首的连襟身着簇新但质量低劣的海军上将服宣布。

"阁下，算我一份，"巴尔斯自告奋勇，"干什么都行。"

"干什么都行"好歹是个"长"。不过，不是他所向往的、了不起的国家图书馆馆长，而是立于巨石之上、俯瞰巴塞罗那全城的一所臭名昭著的监狱的典狱长。有亲戚朋友、后台靠山的人多了去了，谁都想谋个有头有脸的体面职位。巴尔斯虽然努力，但排名

---

[1] 冈萨罗·基波·德·雅诺（1875—1951），西班牙军事将领，率骑兵部队参加内战，战功卓越。
[2] 拉蒙·塞拉诺·苏尼尔（1901—2003），西班牙政治家，佛朗哥将军的连襟，1938年后六次任佛朗哥政府内政和外交部长。

靠后。

"耐心点,巴尔斯,有付出,必有回报。"

就这样,有关改朝换代后如何争权夺位的手段韬略,毛利西奥·巴尔斯第一次尝到苦头,学到教训。成千上万的投机分子、党羽喽啰都拼命往上爬,竞争实可谓残酷。

四

这些至少是传说。未经证实的第三手消息,种种怀疑、猜测、谣言之所以能传到囚犯的耳朵里,全都要归功于前典狱长。他打满整场战争,好容易谋了这个职位,刚上任两周,位子就被别人给占了,心里十分记恨。前任和上头并不沾亲带故,非被人说喝醉了取笑西班牙帝国最高元首,说他和《木偶奇遇记》里的小蟋蟀惊人相似,因此不幸免职,被调往休达一所监狱任副典狱长,终老一生。离任前,他四处散播堂毛利西奥·巴尔斯的坏话,希望所有人都听见。

毫无疑问的是,任何人不得叫巴尔斯绰号,只能叫他典狱长。他自我宣传的官方说法称:堂毛利西奥乃知名文人,曾求学巴黎,才高八斗,博学睿智。除了暂时任职于政府典狱部门,还与志同道合的知识分子精英一起,共同承担教育死伤惨重的西班牙人民、教会他们思考的责任与使命。

他的讲话往往旁征博引,引的全是他坚持不懈在官方报纸杂志上发表的有关文学、哲学和西方思潮亟需复兴的教育类诗文。如果犯人在精彩讲话后报以热烈的掌声,典狱长会大发慈悲,让狱卒分发香烟、蜡烛或犯人家属送来的其他物品。虽说好东西早已被人雁过拔毛,私带回家或狱中买卖,但毕竟聊胜于无。

每周总有一到三人自然死亡或死因不明，尸体会被半夜拖走。要是遇上周末和节假日，尸体会在牢房放到周一或下个工作日，与新房客朝夕相处。犯人报告狱友升天，狱卒会过来搭脉，探呼吸，将尸体塞进专门的帆布口袋，扎好，放在牢房，等附近蒙锥克墓园的殡仪馆过来收尸。谁也不知道尸体的下落，他们向贝波打听时，他低下头拒绝问答。

最高军事法庭每十五天开庭一次，死刑犯凌晨枪决。有时，因为步枪或弹药故障，行刑队没有打中要害，跌进尸坑里的死刑犯会呻吟好几个钟头，犯人们都能听见。有时，只听一声爆炸，叫声顿无。犯人中流传的说法称：刽子手扔了颗手榴弹，送他们上路。不过，谁也不清楚真相。

犯人中还流传着一种说法：典狱长每周五上午会在办公室接见犯人的妻子、女儿、未婚妻甚至阿姨和祖母。他摘下婚戒，放进办公桌第一个抽屉，倾听她们的求情、考虑她们的请求、递上手绢，给她们擦眼泪、接受她们的礼物或其他馈赠、承诺改善伙食和待遇、复查模棱两可的判决；然而解决之日遥遥无期。

还有些时候，毛利西奥·巴尔斯会给她们上茶点和麝香葡萄酒。尽管当年生活困顿、营养不良，她们依然模样耐看，让人忍不住想捏一把。他给她们朗读自己的作品，说妻子是病人，婚姻是折磨，说到有多痛恨典狱长这个职位时，竟无语凝噎。把他这么志趣高雅、品位不俗的文化人安排到这种乌七八糟的职位，实乃奇耻大辱。他分明是民族精英，国家栋梁。

监狱里的老人建议别提典狱长，可能的话，想都别去想他。大部分犯人宁可聊外面的家人、妻子和过去的日子。有些人珍藏着妻子或未婚妻的照片，如有人夺，他们会以性命相搏。不止一个犯人对费尔明说，最难熬的是头三个月。之后，一旦希望幻灭，时间便会如水流逝，生活无味，人的灵魂已经麻木。

五

每周日做完弥撒，典狱长训完话，犯人们会聚在院子里，一边晒太阳抽烟，一边听神智足够清醒的大卫·马丁讲故事。那些故事，费尔明几乎都了然于胸，他看过《诅咒之城》全套，能把故事串起来，任想象驰骋。不过，马丁的状况经常连数数都困难，狱友们也不去惹他，任他在角落里自言自语。费尔明仔细观察，有时跟得很紧，这个可怜鬼身上有什么让他感到揪心。他用各种手段、想方设法替他搞来香烟，甚至方糖，马丁见了心花怒放。

"费尔明，您是个好人，别让人看出来。"

马丁总是随身携带一张老照片，一看就看很久。照片上，有一个白衣男子牵着十岁左右女孩的手，站在木板搭成的小码头上，一同欣赏落日。码头向前伸展，通往清澈的水面。费尔明问起照片，马丁什么也不说，只是笑笑，把照片放回口袋。

"马丁先生，照片上的女孩是谁？"

"费尔明，我不太肯定，有时候记性不好，您难道不会？"

"会，大家都会。"

大家都说马丁脑子不太正常，费尔明跟他接触不久后发现，可怜的马丁脑子比狱友们想象的要不正常的多。偶尔，他比谁都清醒，但时常不知身在何处，提到的人物场景显然来自想象或回忆。

费尔明经常一大早醒来，听马丁在牢房里说话。他偷偷靠近栏杆，竖起耳朵，清晰地听见马丁在和一位叫"柯莱利先生"的人争吵。听内容，似乎这人十分邪恶。

一天夜里，费尔明点亮了最后一根蜡烛头，举起来照向对面牢房。的确只有马丁一人，马丁和柯莱利的声音均出自一人之口。马丁在牢房里打转，目光对视，费尔明发现，狱友对他视而不见，监狱高墙名存实亡，他和那位奇怪的先生似乎在千里之外交谈。

"别理他，"十五号在黑暗中嘟囔，"他夜夜如此。疯疯癫癫，很幸福！"

第二天一早，费尔明问他柯莱利是谁？半夜三更的跟他说些什么？马丁奇怪地看看他，莫名其妙地笑笑。还有一次，费尔明冷得睡不着觉，又靠近栏杆，听马丁和一位看不见的朋友交谈。那天夜里，费尔明斗胆发话：

"马丁，我是费尔明，住在您对面。您还好吗？"

马丁靠近栏杆，费尔明见他满脸是泪。

"马丁先生，谁是伊莎贝拉？您刚才提到她。"

马丁看了他很久很久。

"伊莎贝拉是这狗屁不如的世界上唯一的好人。"他口气生硬，不同寻常，"要不是她，这个世界应该一把火烧光，连灰都不剩。"

"对不起，马丁，我不想惹您生气。"

马丁退回到暗处。第二天，他在血泊中瑟瑟发抖。贝波在椅子上睡着了，马丁逮着机会，把手腕在石头上磨，直到磨破静脉，用担架抬出去时，他脸色煞白，费尔明以为再也见不到他了。

"费尔明，别替您朋友担心。"十五号说，"换了别人，会被直接塞进装尸袋。可典狱长不让马丁死，没人知道原因。"

大卫·马丁的牢房空了五个星期。贝波把他抱回来时，他像个孩子，穿着白睡衣，绷带缠到手肘。他谁也不记得了，头一个晚上自言自语，呵呵傻笑。贝波把椅子拖到他栏杆前，守了一夜，还从看守室偷来方糖，藏在口袋里，递给他吃。

"马丁先生，求求您，别再说了，上帝会惩罚您的。"狱卒在喂他方糖时小声说。

在现实世界,十二号叫罗曼·萨纳乌哈,科里尼克医院内科主任,为人正直,曾患意识形态癫狂症,痊愈后,因为出于良心,拒绝招供、拖人下水,不幸身陷囹圄。监狱规定,高墙之内,犯人一律不问其职业和爱好,除非这个职业能给典狱长带来好处。萨纳乌哈医生的用处立竿见影。

"很遗憾,这里没有像样的医务工作者。"典狱长跟他解释,"实际上,政府有其他更重要的事需要关心,不介意你们有人在牢房腐烂生蛆。我斗争了半天,只弄来并不齐备的药品外加一名庸医,就算他以兽医的身份工作,我想你们也不会接受,可惜就这条件。据我所知,您在佯装中立前,是位知名大夫。出于某些原因,我希望犯人大卫·马丁不要过早离我们而去。如果您同意合作,帮助他维持合理的身体状况,我会考虑,保证让您住得舒坦。我还会亲自督查此案,帮您减刑。"

萨纳乌哈医生点了点头。

"我听到闲话,有些犯人说马丁有点——按你们的话说——疯疯癫癫,是吗?"典狱长问。

"我不是精神科医生。不过,依我拙见,马丁的脑子显然不太正常。"

典狱长暗暗掂量这个说法。

"按您的专业意见,他还能撑多久?"他问,"我是说,活多久?"

"我不知道。监狱的条件对健康不利,而且……"

典狱长表示同意,不耐烦地打住他话头。

"神智呢?您认为马丁还能维持神志清醒多久?"

"我想不会太久。"

"我明白了。"

典狱长递给他一支烟,他没要。

"您欣赏他,是吗?"

"我对他并不了解,"医生反驳道,"看起来人还不错。"

典狱长笑了。

"蹩脚的作家,本国古往今来最蹩脚的作家。"

"典狱长您是国际文学专家,我对此一窍不通。"

典狱长冷冷地看着他。

"如果有谁言语失当,我会关他三个月禁闭。能活下来的不多,活下来的人比您朋友马丁的状况有过之而无不及。别以为您有医生执照就有特权。档案记载,您在外头有妻子和三个女儿,您和全家人的命运取决于您对我是否有用。我说明白了吗?"

萨纳乌哈医生咽了口吐沫。

"说明白了,典狱长。"

"谢谢您,医生。"

隔一段日子,典狱长就让萨纳乌哈去看一眼马丁,那些说闲话的人说他信不过狱医。那个庸医不治疗不预防,只知道开死亡证明,没多久就被他炒了鱿鱼。

"医生,病人状况如何?"

"身体虚弱。"

"噢,脑子呢?还在自说自话,胡思乱想?"

"一如既往。"

"我在《ABC 报》上读到好友塞巴斯蒂安·胡拉多的一篇妙文,谈到诗人易得精神分裂症。"

"我做不了这个诊断。"

"但是您能让他活着,是吗?"

"我会尽力。"

"要尽全力。想想您女儿,如花似玉,无依无靠。外头还藏着那么多丧尽天良的赤色分子。"

几个月过去,萨纳乌哈医生居然对马丁产生了恻隐之情。一天,他和费尔明一块儿抽烟,告诉他马丁的故事。一些犯人笑他神情恍惚,身陷天牢,给他取了个绰号,叫他"天空的囚徒"。

六

"想听实话吗?我觉得大卫·马丁关进来时,已经病了很久。费尔明,您听过精神分裂症这个词吗?它可是典狱长的新宠。"

"就是老百姓常说的'疯疯癫癫'?"

"费尔明,这可不是开玩笑,是一种特别严重的病。我不搞这个科,但接触过几个病例,病人时常会听到并不存在的声音、见到莫名其妙的人、记起未曾发生的事……脑子一点点坏掉,不辨虚实与真伪。"

"和百分之七十的西班牙人没两样……医生,您认为可怜的马丁得了这个病?"

"我不太肯定。我说了,我不搞这个科,不过他有最常见的一些症状。"

"也许对他而言,得这个病是福气……"

"费尔明,永远不是福气。"

"他知道自己得了这个病吗?"

"疯子总觉得疯的是别人。"

"所以我说,百分之七十的西班牙人……"

一名哨兵站在高高的岗楼上看着他们,想读懂唇语。

"小点声,免得挨批。"

医生向费尔明示意,转身往院子另一端走。

"长此以往,墙也会长耳朵了。"医生说。

"要是他们两个人合长半个脑袋,没准我们能逃出去。"费尔明说。

"典狱长第一次让我去给马丁看病时,知道他跟我说了什么?"

"医生,我找到了唯一的越狱方法。"

"什么方法?"

"死亡。"

"没有更实际点的?"

"您读过《基督山伯爵》吗,医生?"

"小时候读过,差不多忘了。"

"再读一遍,里头都有。"

"我不想告诉他典狱长下令,将所有大仲马、狄更斯、加尔多斯[1]和其他许多作家的书从监狱图书馆撤走,说它们是低级趣味、毫无营养的文化垃圾,换上他本人和好友创作的、尚未发表的小说和故事,委托搞印刷设计的犯人瓦伦蒂做全套皮面精装。瓦伦蒂交完活儿,心血来潮,居然笑话他文笔。典狱长罚他一月在院子里淋了五个晚上的雨,冻死了。瓦伦蒂用马丁的方法——死亡——离开了这里。

"在这儿待久了,听狱卒交谈,我才明白,大卫·马丁是应典狱长本人要求被关在这里的。他过去被关在模范监狱,罪名一大把,我想谁也不信。说他出于嫉妒,杀了他的导师兼挚友、家财万贯、同为作家的佩德罗·维达尔和他妻子克里斯蒂娜,还冷酷无情地杀害了好几名警察和其他什么人,最后被许多人指控许多匪夷

---

[1] 贝尼托·佩雷斯·加尔多斯(1843—1920),西班牙著名小说家、剧作家、文学评论家。

所思的罪名。我很难想象马丁会杀人，不过内战时期，我的确目睹过交战双方许多人摘下面具，原形毕露。做了坏事，还怪到别人头上。"

"要是我告诉您……"费尔明说。

"维达尔的父亲是名实业家，有权有势，富可敌国，据说是国民军银行家的中流砥柱。为什么打战赢的都是银行家？总之，权贵维达尔亲临司法部，要求通缉马丁，让他将牢底坐穿，为儿子和媳妇报仇。马丁在边境被捕时，已经在国外流亡近三年。西班牙要他的命，他还回来，脑子一定不正常。更何况，战争即将结束，成千上万的人赶着往外逃。"

"有时候人会逃累。"费尔明说，"世界太小，无处可逃。"

"我觉得马丁就是这样想的，不清楚他怎么过的境。普伊格塞尔达当地居民见他衣衫褴褛、自言自语地在村里游荡多日，通知了国民警卫队。牧民说在离村子两公里的波维尔路上见过他，那儿有栋老宅，叫莱梅塔楼，内战时改为医院，收治前方伤员。主事的女人们大概同情他，当他是军人，供他吃住。国民警卫队的人找上门去，他已经不在了。当晚，有人发现他在冰湖，想用石头在冰面上凿个洞。开始以为他要自杀，送他到圣安东尼奥村疗养院，被一个医生一眼认出，别问我是怎么认出的。名字传到军政府耳朵里，人被转移到巴塞罗那。"

"落入虎穴。"

"可以这么说。审了还不到两天，被指控的罪名长得一眼望不到边，无凭无据。奇怪的是，检察官找到一大帮口供对他不利的证人。和马丁有仇而出庭作证的人有好几十个，可想而知，全都从老维达尔那儿得了好处。早年在名不见经传的《工业之声》报工作的同事、咖啡馆的文人、羡慕的、嫉妒的、生活不幸的全都从下水道里冒出来，说马丁是种种罪行乃至更多罪行的元凶。您知道这些事是怎么运作的。在老维达尔的建议下，法官下令，马丁的所有作品思想反动，伤风败俗，理应充公烧毁。马丁在庭上称：他只捍卫良好的读书习惯，其他因人而异。我不知道原来判他多少年，法官听完他的申述后又加了十年。马丁在庭上没有三缄其口，而是有问必答，口无遮拦，最终自掘坟墓。"

"这年头，什么都能原谅，就是说真话不能原谅。"

"他被判处终身监禁。老维达尔的产业《工业之声》报刊登了一篇长文，历数其罪行。居然还发表了一篇社论，猜猜谁执的笔？"

"鼎鼎大名的典狱长，堂毛利西奥·巴尔斯。"

"没错，就是他。在社论中，他称马丁为'古往今来最蹩脚的作家'，作品'败人胃口，让人蒙羞'，活该悉数被毁。"

"他们也这么说音乐厅，"费尔明说，"全都是国际知识分子精英。乌纳穆诺[1]说过：让他们编吧，日后咱们再评。"

"不管马丁无辜与否，当众蒙羞、创作的每部作品乃至每页作品全被烧光后，他被关进模范监狱。要不是典狱长饶有兴致地追踪此案，估计几周后他就会一命呜呼。不知何故，典狱长对马丁念念不忘，查阅档案，申请调他来这儿。马丁告诉我，抵达那天，巴尔斯命他去办公室，说了这样一番话。"

"马丁，尽管您罪大恶极，而且一定也是个破坏分子，但我俩毕竟有相似之处。我俩都是文人。尽管您是潦倒文人，为愚昧大众撰写毫无品位的文学垃圾，我想，也许您能助我一臂之力，借此洗刷罪过。这些年来，我创作了一整套小说诗歌，具有极高的文学性，只可惜本国文盲丛生，估计能理解、会欣

---

[1] 米盖尔·德·乌纳穆诺（1864—1936），西班牙作家、哲学家，"98一代"导师，代表作有小说《迷雾》、《殉教者圣曼努埃尔·布埃诺》以及哲学作品《生命的悲剧意识》等。

赏的人只有三百。因此，我想，也许您卑贱低俗，与电车上的平头老百姓臭味相投，能帮我稍加改动，让作品纡尊降贵，以迎合本国读者的浅识陋见。若您同意合作，我保证，将极大改善您的生活条件，甚至我将设法重审此案。您的小女朋友……她叫什么来着？哦，对了，伊莎贝拉，小可人，如果您允许我这么称呼。总之，您的小女朋友来见我，说找了一位年轻律师，叫什么布里安斯，还筹了钱，帮您打官司。咱们别自欺欺人了。我俩心知肚明，您的案子无凭无据，证词大可商榷，但您就是被判了刑，看来您容易树敌，马丁，甚至我敢肯定，有些仇敌您压根儿就不认识。马丁，别再犯错了，别让我也与您为敌。我可不像他们潦倒落魄，在这高墙之下，说通俗点，我就是上帝。"

"我不知道马丁是否接受了典狱长的建议，不过既然他还活着，咱们的上帝至少现在还让他活着，他应该接受了。典狱长甚至提供纸笔，让他在牢房里帮他改写鸿篇巨著，以便成就名声，获得梦寐以求的文学财富。说实在的，不知道该怎么想。我感觉可怜的马丁连再写一遍鞋子的尺码都做不到，大部分时间困在臆想出的炼狱里，任痛苦和悔恨慢慢吞噬。尽管我是内科医生，不该由我来诊断……"

七

好心的医生所讲述的故事让费尔明好奇，永远同情弱者的他决定自己展开调查，近距离接触马丁，完善堂大仲马式的死亡越狱计划。他越盘算，越觉得至少在这点上，"天空的囚徒"没别人说的那么疯。只要在院子里找到一点点空闲时间，费尔明就想方设法地接近马丁，跟他交谈。

"费尔明，我怎么觉得您和我在恋爱。每次我一转身，就能看见您。"

"对不起，马丁先生，我有点好奇。"

"什么让您如此好奇？"

"您瞧，咱们直说，我不懂像您这么正派的人怎么会去帮那个令人作呕、爱慕虚荣的混蛋典狱长冒充大文豪？"

"哟，看来您没白待，这地方没有秘密。"

"我对洞识阴谋诡计有特殊才能，也具备其他侦探素质。"

"那您应该知道我不正派，是个罪人。"

"那是法官说的。"

"一支半军队的证人发完誓后，也是这么说的。"

"全都被恶棍收买了，要么小心眼儿，要么红眼病。"

"告诉我，费尔明，还有什么您不知道？"

"多着呢！不过，我想了好多天，也没想通，为什么您和那个自以为上帝的蠢货能达成某种协议，像他那种人纯属社会败类。"

"像他那种人到处都是，费尔明，又不要专利。"

"不过，只有在这儿，咱们要好好对付。"

"别那么快下结论。在人生这场幕间剧里，典狱长比表面看要复杂得多。您口中这个自以为上帝的蠢货首先相当的有权有势。"

"他说，他就是上帝。"

"在这特殊的炼狱里，他说的没错。"

费尔明皱皱鼻子，这话让他很不舒服。看来，马丁已经投降认命了。

"他威胁您了？是吗？他还能对您做什么？"

"除了微笑,对我,他什么也没做。可对其他人,对外面的人,他可以随意伤害。"

费尔明沉默良久。

"对不起,马丁先生,我不想惹您生气,可这一点,我真没想到。"

"费尔明,您没惹我生气。相反,我觉得您高估了我所处的环境,您的心地比我善良的多。"

"是那位小姐,伊莎贝拉,是吗?"

"夫人。"

"我不知道您结婚了。"

"我没结婚,伊莎贝拉不是我妻子,也不是我情人,如果您这样想的话。"

费尔明不说话了。毋庸置疑,一听就知道,那位小姐或夫人是可怜的马丁在世上的最爱,或许是他忍受牢狱之苦、挣扎生存的唯一动力。悲惨的是,或许连他自己也蒙在鼓里。

"伊莎贝拉和她丈夫经营一家书店。那家书店对我而言,从小意义重大。典狱长发话,如果我不听他的,他一定会以出售反动书籍罪查封书店,关押伊莎贝拉夫妇,夺走他们不到三岁的儿子。"

"我操他祖宗十八代。"费尔明小声说。

"不,费尔明。"马丁说,"这场战争不是他挑起的,是我挑起的。我自作孽,不可恕。"

"马丁,您什么也没做过。"

"费尔明,您不了解我,也不需要了解我。您需要做的,是从这儿逃出去。"

"这是另一件我想向您请教的事。我知道,您正在试验逃出牢笼计划,如果您需要一只体态健硕、兴致盎然的小白鼠,不妨考虑在下。"

马丁若有所思地看着他。

"您读过大仲马吗?"

"读过全套。"

"我看也像。既然这样,您应该知道如何部署。仔细听好。"

八

费尔明监禁满六个月,发生了一系列的事,彻底改变了他的生活。首先,那段日子,政府依然认为希特勒、墨索里尼之流必胜,整个欧洲会和最高元首穿一条裤子。杀人的、告密的、刚变节的政治警察穷凶极恶、为所欲为,使被捕的、起诉的、待消失的市民人数创历史新高。

国家监狱拥挤不堪,军政府命各监狱将关押人数增至两到三倍,以缓解一九四〇年凄风苦雨的巴塞罗那战败后涌现的犯人潮。因此,周日发表完辞藻华丽的讲话后,典狱长向犯人宣布:从今往后,取消单间。将萨纳乌哈医生调整到马丁那间,可想而知,便于监视,以防他突然自杀。费尔明和旧邻十四号同住十三号牢房,依此类推。走道两边的犯人都从单间改为双间,给每晚用小货车从模范监狱或博塔营转来的犯人腾位子。

"别摆这张臭脸,我比您更不乐意。"十四号搬来,对新同伴说。

"我警告您,敌对情绪会引发吞气症。"费尔明威胁道,"别拿'水牛比尔'[1]那套来吓我,客气点,脸对墙撒尿,别溅得到处都是。

---

[1] 威廉·弗雷德里克·"水牛比尔"·科迪(1846—1917),美国南北战争军人、美洲野牛猎手、马戏表演者,美国西部开拓时期最具传奇色彩的人物之一。

否则,哪天早上醒来,您会浑身上下直起鸡皮疙瘩。"

老十四号五天没跟费尔明搭腔。费尔明每天早上臭屁连天,逼得他举手投降,改变策略。

"我警告过您。"费尔明说。

"好了好了,我投降。我叫塞巴斯蒂安·萨尔加多,职业:工会成员。来,握个手,交个朋友。不过,行行好,千万别放屁了,我已经产生幻觉,梦见'蜜糖小子'[1]大跳查尔斯顿舞。"

费尔明握了握萨尔加多的手,发现他少了小指和无名指。

"费尔明·罗梅罗·德·托雷斯,很高兴认识您,真不容易。职业:加泰罗尼亚自治区政府加勒比海部秘密情报处成员,现在不干了。志向:文献学。爱好:艺术。"

萨尔加多看了看讨厌的新同伴,翻了翻白眼。

"都说马丁才是疯子。"

"疯子是自以为正常、不与傻瓜为伍者。"

萨尔加多败下阵去,点了点头。

几天后,发生了第二件事。傍晚,两名哨兵来找他。贝波打开牢门,尽量掩饰内心的担忧。

"你,瘦子,起来。"其中一名哨兵嘟囔道。

有那么一刻,萨尔加多以为祈祷灵验,要拉费尔明出去枪毙。

"勇敢点,费尔明。"他微笑着给他鼓劲,"为上帝捐躯,为西班牙捐躯,是最美好的事。"

两名哨兵抓起费尔明,戴上手铐脚镣,在全走道忧心忡忡的目光下和萨尔加多的哈哈大笑声中将他拖走。

"这一下,放屁也跑不掉。"费尔明的同伴笑着说。

---

[1] 萨尔瓦多·塞基(1886—1923),绰号"蜜糖小子",二十世纪初加泰罗尼亚无政府主义工会领袖之一。

九

哨兵带他穿过蜘蛛网似的巷道,来到一条长廊,顶头是扇大木门。费尔明感到阵阵恶心,对自己说:悲惨人生止步于此,傅梅洛就在门后,他彻夜无事,正拿着喷枪等着。没想到,走到门口,一名哨兵替他解开手铐,另一名哨兵轻轻地敲了敲门。

"进来。"熟悉的声音响起。

就这样,费尔明走进了典狱长办公室。房间装饰豪华,从波纳诺瓦区某大宅抢来的地毯,配上同档次的家具,外加一面带鹰、国徽、铭文的大号西班牙国旗和一幅最高元首的照片,比玛莲娜·迪特里茜[1]的广告宣传照美化的还多。典狱长本人,堂毛利西奥·巴尔斯笑容可掬,坐在办公桌后,抽着进口烟,喝着白兰地。

"别怕,坐。"他说。

费尔明发现身边有个托盘,里面有肉、豌豆和热气腾腾、散发着热黄油味的土豆泥。

"这不是海市蜃楼,"典狱长语气温柔,"是你的晚餐,希望你喜欢。"

费尔明从一九三六年七月起再也没见过此等美味,趁海市蜃楼尚未消失,他扑上去吃了个痛快。典狱长一直面带微笑,看着他吃,骨子里透着恶心和鄙视,烟一根接一根地抽,每隔一分钟,就去整整上过发蜡、油光水滑的头发。费尔明吃完,巴尔斯让哨兵出去。无人护卫的典狱长反倒比有人护卫阴险恐怖得多。

"费尔明,是吧?"他突然开口。

---

[1] 玛莲娜·迪特里茜(1901—1992),美国演员兼歌手,被美国电影学会选为百年来最伟大的女演员第九名。

费尔明缓缓地点了点头。

"你恐怕会问,为什么叫你来?"

费尔明在椅子上缩了缩。

"不用担心,恰恰相反,我叫你来,是想改善你的生活条件,也许还会重审你的案子,你我都明白:对你的指控完全站不住脚。世道不好,一摊浑水,有时好人顶罪,无故遭殃,这是国家谋求复兴所付出的代价。此外,我希望你明白,我站在你这边。我也是这里的囚犯,你我都想早点出去,不妨互帮互助一把。来根烟?"

费尔明怯生生地收下。

"如果您不介意,我想留着过会儿抽。"

"当然不介意,拿去,一包都拿去。"

费尔明把烟装进口袋,典狱长笑容可掬地俯在桌上。费尔明心想:动物园里有种一模一样的蛇,不过那蛇只吃老鼠。

"新来的同伴如何?"

"萨尔加多?关系很好。"

"你知不知道,关进来前,这个混蛋是共产党枪手兼雇佣杀手?"

费尔明摇了摇头。

"他说他是工会成员。"

巴尔斯微微一笑。

"一九三八年五月,他孤身闯入波纳诺瓦大道的维拉华纳家,全家灭门,连五个孩子、四个女佣和八十六岁的老太太都不放过。知道维拉华纳家是做什么的吗?"

"这个……"

"珠宝商。案发当日,家里有价值两万五千比塞塔的珠宝和现金,知道这笔钱在哪儿?"

"我不知道。"

"你不知道,没有人知道,唯一知道的是萨尔加多同志。他没有把钱上交给无产阶级政权,而是私藏起来,打算战后好好挥霍。愿望永远无法实现!我们把他关在这儿,等他招供,或者,等你的朋友傅梅洛一点点将他肢解。"

费尔明整整思绪,点了点头。

"我注意到他左手少两个指头,走路有点怪。"

"哪天你让他脱裤子,会发现他还少了点东西,都是顽抗到底、拒不招供惹的祸。"

费尔明咽了口吐沫。

"我希望你能明白,这种野蛮行径我也反感,这也是我让萨尔加多搬到你牢房的两个原因之一。人与人之间,只有沟通,才能理解,所以,我想请你查一查他把维拉华纳家的赃款和近年来的多笔赃款藏在哪儿,查完向我报告。"

费尔明的心一沉。

"还有个原因呢?"

"第二个原因是:近来,我发现你和大卫·马丁关系甚密,这令我甚为欣慰。友谊使人高贵,助犯人改过自新。知不知道马丁是个作家?"

"略有耳闻。"

典狱长目光冰冷,但笑容依然和善。

"他人不坏,但许多事处理不妥。比如:他想法天真,想去保护不该保护的人,保守不该保守的秘密。"

"他是个怪人,有这种想法也不奇怪。"

"那是。因此,我觉得最好你能伴他左右,睁大眼睛,竖起耳朵,告诉我他所言、所思、所感……他一定说过什么,引起你的注意。"

"既然典狱长问起,他最近内裤磨得腹股沟长了个疖子,成天抱怨。"

典狱长叹了口气，暗自摇头。显然，他懒得再给朽木好脸色看。

"我说，小子，别敬酒不吃吃罚酒。我很想通情达理，但只要一个电话，你的朋友傅梅洛半小时就能赶来。听说，最近除了喷枪，他还在一间地下牢房准备了一只细木工具箱，做点细活儿。听明白没有？"

费尔明紧紧地握着手，不让它们哆嗦。

"非常明白。对不起，典狱长。我很久没吃肉，恐怕被猪油蒙了心。我保证，下不为例。"

典狱长笑了，接着往下说，当什么也没发生。

"尤其让我感兴趣的是：他有没有提过一个叫'遗忘书之墓'或'死亡书之墓'的地方？想好了再说，马丁跟你提过没有？"

费尔明摇了摇头。

"我向您发誓，此生从未听马丁先生或任何人说起过这个地方……"

典狱长冲他挤了挤眼。

"我相信你。他要是提，向我报告；他要是不提，你主动打听，问一问在什么地方？"

费尔明连连点头。

"还有，如果马丁说起我交代他办的事，告诉他，为了他好，更为了他特别关心的一位夫人和她丈夫及儿子好，尽心尽力地写，写出一部传世名作来。"

"您指的是伊莎贝拉夫人？"费尔明问。

"啊！看来他跟你说过……你该去见见她本人，"典狱长一边说，一边用手绢擦眼镜片，"妙龄女郎，皮肤水嫩光滑……你不知道她来过多少次，坐在你坐的位置，替可怜的马丁求情。我是绅士，不便透露她以何为报。不过，私下里说说，这姑娘对马丁的爱可歌可泣。我敢打赌，那小崽子达涅尔不是她丈夫的，是马丁的。

马丁的文学品味下三滥,婊子品位超一流。"

典狱长发现犯人的目光捉摸不透,他很不高兴,打住不说。

"看什么呢?"他公然发问。

他用指节敲了敲桌子,费尔明身后的门应声而开,两名哨兵抓着他胳膊,猛地把他从椅子上拖起来,脚不沾地。

"记住我说的话,"典狱长说,"四周后,我再请你来这儿。有结果的话,我保证改善狱中条件;没结果呢,我就给你在傅梅洛的地下牢房预约一个位子,跟他那些玩具见见面。听明白没有?"

"非常明白。"

然后,他不耐烦地打发手下把犯人带走,将白兰地一饮而尽。日复一日地跟这群没文化的堕落分子打交道,真让人恶心。

十

巴塞罗那 一九五七年

"达涅尔,您脸色苍白。"费尔明小声唤醒恍惚中的我。

坎路易斯餐厅和走过的街道都消失了,只有蒙锥克城堡的办公室和用难以入耳的明言暗语说我母亲的那个男人的脸。我浑身发冷,心如刀绞,感到前所未有的满腔怒火。当时,我只想把那个混蛋拖到我面前,拧断他脖子,眼睁睁地看他眼球外凸,静脉爆裂。

"达涅尔……"

我闭了闭眼,深呼吸,再睁开,又回到了坎路易斯,费尔明·罗梅罗·德·托雷斯消沉地看着我。

"对不起,达涅尔。"他说。

我口干,倒了杯水,一饮而尽,希望能说出话。

"不用说对不起,费尔明,您所说的又不是您的错。"

"首先,告诉您就是我的错。"他声音很小,几近不可闻。

我见他低下头,似乎不敢看我。我理解,回忆往事、坦言真相让他痛不欲生。相比之下,我的愤怒让我自惭形秽。

"费尔明,看着我。"

费尔明用眼角看我,我冲他微笑。

"我想让您知道,感谢您告诉我真相。两年前,您为何只字不提,我懂。"

费尔明微微点头,眼神却告诉我:我的话适得其反,无法安慰他。他又沉默了一会儿。

"还没说完,是吗?"我终于问。

费尔明点点头。

"接下来的故事更糟?"

费尔明又点点头。

"糟一百倍。"

我挪开眼神,冲阿尔布盖尔盖老师笑笑。他走了,临走前不忘跟我们打个招呼。

"既然这样,为何不再要一杯水,把它讲完?"我问他。

"要酒吧!"费尔明说,"烧酒。"

巴塞罗那 一九四〇年

费尔明被典狱长召见一周后,从没在走道上见过、显然属警局社会组的两个家伙二话不说,将萨尔加多铐了就走。

"贝波,知道带他去哪儿了吗?"十二号问。

狱卒摇了摇头,从眼神能看得出他有所耳闻,只是不想开口。没有其他消息,萨尔加多的消失立即成为犯人争相猜测的话题,说法五花八门。

"那家伙是国民军卧底,说是工会成员,进来套情报的。"

"没错,切了两个手指头和其他玩意儿,装的像真的。"

"这时候恐怕在阿玛娅餐厅和狐朋狗友花天酒地,笑话咱们呢!"

"我觉得,他们想让他招的,他全招了,脖子上拴块石头,沉到十公里深的海底去了。"

"一看就像长枪党,幸好我屁都没放,你们就等着挨骂吧!"

"没错,老兄,弄不好,还要把我们关进监狱。"

没有其他消遣,大家始终没完没了的讨论此事,直到两天后,带走他的两个家伙又把他送了回来。首先,大家注意到萨尔加多连站都站不稳,是被人像包裹那样拖回来的。其次,苍白得和死人没两样,浑身上下直冒冷汗。他半裸着回来,皮肤上结了一层栗色的痂,像是鲜血和粪便的混合物。他们把他像一堆屎那样扔在牢房里,二话不说,掉头就走。

费尔明架起他,把他搬到床上,从自己衬衫上撕下几根布条,用贝波偷偷送来的一点水,慢慢替他擦洗。萨尔加多神志清醒,呼吸困难,但两眼放光,似乎点了一把火。两天前左手还在,如今只剩一截手腕,紫红色的肉用沥青烧过。费尔明帮他洗脸,他冲费尔明笑,露出所剩无几的几颗牙齿。

"萨尔加多,干嘛不对那帮屠夫招了?不就是钱嘛!我不知道您藏了多少?但不值。"

"让他们吃屎去吧!"他用仅剩的那口气嘟哝,"钱是我的。"

"如果您不介意我指出,恐怕是您杀人偷来的吧!"

"我没偷任何人的钱,是他们先偷了人民的钱。我是为民除害,伸张正义。"

"好吧!幸亏有您这个玛塔德佩拉[1]的罗宾汉来伸张正义。您真是英勇无敌,铁面无私!"

"将来,我还指望那笔钱呢!"萨尔加多吐露心声。

费尔明用湿布擦拭他冰冷的额头,上面密布着横七竖八的细痕。

"一厢情愿没有用,水到渠成才是真。您没有将来,萨尔加多。您没有,孕育您或典狱长之流的败类、之后拒不认账的国家也没有。将来被我们联手毁了,唯一等着我们的日子跟您拉的、我擦够了的屎没两样。"

萨尔加多喉咙里咕噜几声,费尔明估计那是一声大笑。

"费尔明,长篇大论您就省省吧!别这时候逞英雄。"

"才不是,英雄这年头多的是。我是懦夫,的的确确是。"费尔明说,"不过,至少我明白,我承认。"

费尔明默默地接着帮他擦,之后用两人一条、爬满臭虫、一股尿味儿的破毯子给他盖好,守在这个贼身边,直到他合上眼,沉沉睡去。费尔明不知道他还会不会醒。

"告诉我,他死了。"十二号的声音。

"咱们打赌,"十七号接了上来,"赌根烟。"

"要么去睡觉,要么去吃屎。"费尔明说。

他蜷到牢房的另一边,想好好睡一觉。很快发现,他会一夜无眠。不一会儿,他把脸贴到栏杆间,胳膊穿过去,垂在外面。走道对面,黑暗中亮起一支烟,两只眼睛注视着他。

"您还没告诉我,巴尔斯那天叫您干嘛?"马丁问。

---

[1] 玛塔德佩拉,属西班牙加泰罗尼亚自治区,距巴塞罗那市 30 公里。

"您猜猜。"

"提了个无理要求?"

"他想让我从您那儿套出书之墓什么的。"

"有趣。"马丁说。

"相当有趣。"

"他说没说,为什么对它感兴趣?"

"坦白讲,马丁先生,咱俩没那么熟。典狱长威胁我,任务四周完成不了,就断手断脚,我只好答应。"

"别担心,费尔明,四周内您就出去了。"

"那是,在加勒比海滩上,让两个丰满结实的混血女人给我做足底按摩。"

"要有信心。"

费尔明灰心地叹了口气。他的命运掌握在疯子、屠夫和垂死的人手里。

十二

那个周日,典狱长在院子里训完话,向费尔明投来询问的目光,笑了笑。费尔明见了,像吃了苍蝇。哨兵一宣布犯人解散,他就偷偷往马丁那边走。

"演说很精彩。"马丁评论道。

"具有深远的历史意义。每次他训完话,西方思想史就会发生哥白尼式的根本转变。"

"费尔明,冷嘲热讽您不在行,和您平时的温和相去甚远。"

"去下十八层地狱吧!"

"我就在地狱。来支烟?"

"我不抽。"

"听说抽烟死得更快。"

"那行,早死早好。"

费尔明刚抽一口,差点连第一次圣餐都呛了出来。马丁把烟拿走,拍了拍他的背。

"真搞不懂,您怎么能把这玩意儿吞下去?烟熏火燎,一股臭味儿。"

"这里能弄到的极品货色,据说是用莫努门塔尔斗牛场走道里捡来的烟屁股做的。"

"您瞧,这种'醇香'只能让我想起便池。"

"深呼吸。费尔明,好点了吗?"

费尔明点点头。

"能告诉我那什么墓的情况吗?总得找点东西,去喂猪狗不如的典狱长。不用说真话,胡乱编点就行。"

马丁笑着,从齿间吐出一口臭气熏人的烟。

"您的同室狱友、为穷苦大众伸张正义的萨尔加多状况如何?"

"您瞧,我以为活到岁数了,什么世面都见过。谁知今天凌晨,还以为萨尔加多翘辫子了,只听他从床上爬起来,像吸血鬼那样走到我床前。"

"他是有点像吸血鬼。"马丁表示同意。

"他走到我身边,死死地盯着我。我装睡,他信以为真,溜到牢房一角,用仅剩的那只手掏来掏去,按医学术语,具体位置在直肠或大肠末端。"费尔明接着说。

"您说什么?"

"您听得千真万确。萨尔加多这小子,刚受过中世纪断肢酷刑,头一回下床,就决定探索人体构造上注定永不见天日的那个部位,让我大跌眼镜,大气不敢出一声。一分钟后,他把仅剩的两三个手指伸了进去,寻找魔法石或埋得很深的痔疮,那哼哼声不学也罢。"

"简直让我目瞪口呆。"马丁说。

"您坐好,精彩的还在后头!在肛门处抠了一两分钟后,他像圣胡安·德·拉·克鲁斯[1]那样长舒一口气,奇迹出现了!手指从那下面出来,掏出一件亮闪闪的东西。就算我缩在角落,也敢保证那绝不是一坨屎。"

"那是什么?"

"一把钥匙。不是扳手,是那种小钥匙,开小手提箱或健身房储物柜那种。"

"后来呢?"

"后来,他拿着钥匙,用口水擦亮,估计闻起来有野玫瑰的芬芳,然后他走到墙边,以确定我还在熟睡——我像圣伯纳犬宝宝那样打了几个惟妙惟肖的鼾。接着他把钥匙藏在石头缝里,又用污垢盖住,不排除用的是从下身抠出的脏东西。"

马丁和费尔明默默对视。

"您和我想到一块儿去了?"费尔明问。

马丁点了点头。

"您认为这小傻瓜私藏的宝贝值多少钱?"费尔明问。

"多到他认为只要保住秘密,断手指、断手、割睾丸,天知道还有什么都值得的地步。"马丁猜道。

"我现在怎么办?在蛇蝎心肠的典狱长将魔爪伸到萨尔加多的宝藏、资助出版他鸿篇巨制的精装本、买到皇家语言学院院士头衔前,把钥匙吞进肚子,或者,有必要的话,也把它塞进肠道不雅的地方去?"

"您先按兵不动,"马丁说,"先确保钥匙还在那儿,等我指示,

---

[1] 圣胡安·德·拉·克鲁斯(1542—1591),西班牙文艺复兴时期著名诗人。

我在完善越狱的最后细节。"

"我不想冒犯您,马丁先生,非常感谢您的宝贵建议和精神支持,可这么做,我会掉脑袋,或身体的某个部分。都说您有些疯疯癫癫。我把小命交到您手里,终归有些不太踏实。"

"您不信小说家,还能信谁?"

费尔明在烟屁股做成的香烟释放的烟雾中,目送马丁往院子那头走去。

"圣母呀!"他迎着风喃喃自语。

十三

从萨尔加多快断气到他挣扎着爬到牢门的铁栏杆,声嘶力竭地大叫"狗娘养的你们从我这里骗不走一分钱我操你们祖宗十八代"或诸如此类的句子,直到喊破嗓子,精疲力竭,一头栽到地上,费尔明只得把他扶回床,由十七号组织的有关他死或不死的赌博持续了好些日子。

"费尔明,臭蟑螂蹬腿没?"每次听他应声倒地,十七号都问。

费尔明懒得发布同室狱友的病情报告。要是真咽了气,会见到帆布口袋。

"听着,萨尔加多,您要是想死,赶紧死;您要是想活,拜托您安安静静地活。这样破口大骂,骂得我头皮发麻。"费尔明裹着一块脏兮兮的破帆布,那是他趁贝波不在,说什么据科学发现,可以用发泡牛奶加杏仁蘸糖诱骗豆蔻少女,从另一名狱卒手里弄来的。

"别假慈悲,我能看出马脚。我知道,您跟那群拿内裤赌我这条命的人没什么两样。"萨尔加多反唇相讥,看来,他死性不改,狗改不了吃屎。

"您瞧,不是我想跟垂死的人对着干,更何况,您还有好几口气,可您要知道,我从来没赌过一个子儿。就算哪天去赌,也不会去赌人命。尽管您身上的人性和我身上的虫性相差无几。"费尔明的一番话掷地有声。

"别以为说一大堆,就会把我说晕。"萨尔加多奸诈狡猾,继续相讥,"我可是门儿清,您和挚友马丁正在根据《基度山伯爵》里的故事制订计划。"

"萨尔加多,我听不懂您在说什么。睡一会儿吧,睡一年也行,没人惦记。"

"要是您相信可以越狱,您就跟他一样疯。"

费尔明的背脊冷汗直冒。萨尔加多咧嘴笑了,露出一口被打得七零八落的牙齿。

"我早就知道。"他说。

费尔明暗暗说不,缩在墙角,想离萨尔加多越远越好。太平了不到一分钟。

"想让我不说,得付封口费。"萨尔加多宣布。

"他们送您回来时,我真该让您自生自灭。"费尔明小声说。

"为了表示感谢,给您打个折,"萨尔加多说,"只要您答应帮我最后一个忙,我就保守这个秘密。"

"我怎么知道是最后一个忙?"

"因为您会像所有企图用脚走出这里的人一样被捉,先帮您挠几天痒痒,再送您到院子里上绞刑架,以儆效尤,之后我就再也不能求您帮忙了。怎么样?您帮个小忙,我全力配合。君子一言,快马一鞭。"

"君子一言,快马一鞭?老兄,干嘛不早说?这不没事儿了。"

"过来……"

费尔明有点犹豫，转念一想，反正也不会有什么损失。

"我知道，那个混蛋巴尔斯要您打听我把钱藏哪儿了，"他说，"别不承认。"

费尔明只是耸了耸肩。

"我想让您告诉他。"萨尔加多指示。

"听您的，萨尔加多，钱在哪儿？"

"告诉典狱长，他必须独自前往。带人去，一个子儿也拿不到。去新村后面的维拉德尔旧工厂，午夜十二点，不能早，也不能晚。"

"萨尔加多，听起来像堂卡洛斯·阿尼切斯[1]的神秘剧……"

"听好！告诉他，进工厂，去织布车间边上的老传达室，敲门，若里面问是谁，就回答：'杜鲁提[2]还活着'。"

费尔明拼命忍住笑。

"这是典狱长最后一次训话后我听到的最蠢的话。"

"重复我说的话即可。"

"您怎么知道我不会去用您三文不值二文的接头暗号把钱提走？"

贪婪的火焰在萨尔加多的眼中熊熊燃烧。

"别告诉我：到时候我就死了。"费尔明又说。

歹毒的萨尔加多笑得合不拢嘴。费尔明看了看他渴望复仇的眼睛，猜到了他的用意。

"是个陷阱，对吗？"

萨尔加多没有回答。

"要是巴尔斯活下来怎么办？没考虑过您自个儿的下场？"

"他们还有什么没对我做过？"

---

1 卡洛斯·阿尼切斯（1866—1943），西班牙喜剧家。
2 杜鲁提（1896—1936），西班牙无政府主义工会领袖，内战中率领"杜鲁提纵队"支持共和国军队，遭暗杀身亡。

"如果您没告诉我,您差不多被阉了,我会说,您有种。要是这次您搞砸了,会被阉得一点不剩。"费尔明斗胆说。

"这是我的问题,"萨尔加多打断他,"怎么说,基督山?成交?"

萨尔加多将仅剩的那只手伸过来,费尔明盯了好一会儿,才很不情愿地跟他握了握。

十四

费尔明必须等到周日弥撒后的常规训话和院子里短暂的露天放风时才能接近马丁,告诉他萨尔加多和他的交易。

"不会影响计划。"马丁非常肯定,"照他说的做。事到如今,不能有人告密。"

这些天,费尔明既恶心,又心跳过速。他擦了擦额头滚落的冷汗。

"马丁,不是我不信,可您筹备的计划要是真这么好,干嘛自己不用,逃出去拉倒?"

马丁点了点头,似乎多日来他等的就是这句话。

"我只能待在这儿。高墙之外,已无我的容身之处。我无处可去。"

"您有伊莎贝拉……"

"伊莎贝拉嫁了个比我好十倍的男人。我出去,只会给她带来不幸。"

"可她在竭尽所能,救您出去……"

马丁摇了摇头。

"费尔明,答应我一件事。我帮您越狱,只想求您这一件事。"

这个月看来是求人月,费尔明心想。他愉快地点了点头。

"您尽管说。"

"如果您能出去,拜托您尽可能照顾她,远远的,别让她知道,甚至别让她察觉到您的存在。照顾她和儿子达涅尔,您会帮我吗,费尔明?"

"当然会。"

马丁忧伤地笑了笑。

"您是个好人,费尔明。"

"这话您说过两次,越听越不对劲。"

马丁掏出一支臭气熏人的香烟点上。

"时间不多了。伊莎贝拉帮我请的布里安斯律师昨天来过,错就错在我把巴尔斯的企图告诉了他。"

"帮他改写垃圾作品的事……"

"没错。我叫他别告诉伊莎贝拉,可我了解他,他迟早会告诉她。我更了解伊莎贝拉,她会气急败坏,找上门来,威胁巴尔斯要将秘密公之于众。"

"您就不能阻止?"

"阻止伊莎贝拉无异于螳臂当车、不自量力。"

"您越说,我越想见她一面。有个性的女人对我而言……"

"费尔明,记住您的承诺。"

费尔明把手按在左胸,郑重地点点头。马丁接着往下说:

"言归正传。真要是这样,巴尔斯会狗急跳墙。他虚荣、嫉妒、贪婪,如果他觉得无路可走,一定会出阴招。不知道他怎么出,但一定会出。到那时,关键您要逃出去。"

"不是说我多想待在这儿,可……"

"您没明白我的意思,得提前行动。"

"提前行动?提前到什么时候?"

马丁透过嘴边袅袅升起的烟雾久久地注视着他。

"今晚。"

费尔明想咽吐沫,可满嘴是土。

"可我连计划都不知道……"

"仔细听好。"

十五

那天下午,回牢房前,费尔明走到曾经押送他去巴尔斯办公室的一名哨兵跟前。

"告诉典狱长,我有话对他说。"

"说什么?"

"告诉他:他要的东西,我弄到了。他会明白。"

一小时不到,哨兵和他的同伴来到十三号牢房前。萨尔加多躺在床上揉缺了手的残肢,像狗一样观察形势。费尔明冲他挤了挤眼,在哨兵的押送下走出去。

典狱长笑容可掬地迎接他,备了一盘艾斯克里巴餐厅的甜品。

"费尔明,我的朋友,很高兴又在这儿见到您,展开充满智慧、卓有成效的谈话。请坐,并随意品尝犯人妻子送来的精美甜品。"

费尔明多日水米不进,胃口全无,为了不扫巴尔斯的兴,他拿了个甜甜圈在手上,像护身符。他注意到典狱长不再对他以你相称,"您"这个称呼只会带来不祥的后果。巴尔斯给自己倒了杯白兰地,靠在宽大的将军椅上。

"好啦?我知道您有好消息要告诉我。"典狱长请他开口。

费尔明点头称是。

"文学方面，我向阁下保证：马丁非常乐意完成您所交待的润色工作。还有，他说，您提供的材料文字精美，质量上乘。他的工作非常简单，只要在典狱长的惊世之作上给两三个元音 i 加上重音符号，就能诞生堪比帕拉塞尔斯[1]的经典。"

费尔明胡说八道，巴尔斯仔细聆听，只礼貌地点点头，笑容冰冷。

"费尔明，用不着给我灌迷魂汤，我只要知道马丁在做他该做的事就行。我俩都知道他不乐意干这活儿。不过，我很高兴，他能顾全大局，明白听从吩咐对谁都好。行了，关于另外两点……"

"我正要说，关于'狂热书之坟'……"

"'遗忘书之墓'。"巴尔斯替他纠正，"从马丁那里打听出在哪儿了吗？"

费尔明很有把握地点点头。

"据我推断，那什么墓在博尔内市场的地下迷宫。"

巴尔斯明显大吃一惊，仔细琢磨这句话。

"那入口呢？"

"典狱长，我只打听了这么多，估计在蔬菜批发市场某摊位底下，摊主是个丑八怪，令人望而却步。马丁不愿多说，要是我再问，他会绝口不提。"

巴尔斯慢慢地点了点头。

"做得好，接着说。"

"最后，关于阁下第三个吩咐。在卑鄙小人萨尔加多垂死之际，趁他神志不清，我套出了以共济会和马克思主义为名获取的巨额赃款窝藏点。"

"您认为他会死？"

---

1 帕拉塞尔斯（1493—1514），中世纪欧洲医生、炼金术士，著作有《外科大全》。

"随时会死。我想,他已经在向圣列夫·托洛茨基[1]致意,等咽下最后一口气,好进来世的中央政治局。"

巴尔斯暗暗摇头。

"我早就跟那帮畜生说过,动粗没用,什么也问不出。"

"从技术层面讲,他们取了他的生殖腺或男根。不过,我和典狱长想法一致,对付萨尔加多这样的败类,只能攻心。"

"然后呢?那笔钱藏哪儿了?"

费尔明往前凑了凑,换上推心置腹的口吻。

"解释起来有点麻烦。"

"别跟我绕圈子,小心我送您去地下室,教教您该怎么说话。"

于是,费尔明将萨尔加多那番荒诞不经的话讲给巴尔斯听,典狱长半信半疑。

"费尔明,我警告您:您要是跟我说假话,一定会后悔。对付萨尔加多的那套用在您身上,不过是开胃小菜。"

"我向阁下保证:萨尔加多的话,我复述得原原本本、一字不漏。您要是愿意,我可以向上帝保证、向挂在您办公桌上的最高元首像发誓。"

巴尔斯死死地盯着他眼睛,费尔明听马丁的,眼睛眨都不眨。最后,典狱长情报到手,收起笑容,撤走甜品,毫不亲切地打个响指,进来两名哨兵,押费尔明回去。

这次,巴尔斯没有威胁他。哨兵押送他回去时,和典狱长秘书擦肩而过。秘书在办公室门口停下。

"典狱长先生,萨纳乌哈,马丁牢房那个医生……"

"我知道,他怎么了?"

"他说马丁晕过去了,恐怕很严重,申请去药箱拿点药……"

---

1 列夫·托洛茨基(1879—1940),苏联共产党和第四国际领袖,革命家、军事家、政治理论家及作家。

巴尔斯气急败坏地站了起来。

"还等什么？去，带他去！要多少，拿多少。"

十六

奉典狱长之命，一名狱卒守在马丁牢房前，萨纳乌哈医生正在照顾他。狱卒很年轻，不到二十岁，是个生面孔。他们本以为是贝波值夜班，谁知一声招呼不打就来了个新手。这人看样子连钥匙都搞不清楚，比犯人还紧张。快九点了，萨纳乌哈医生明显疲惫不堪。他走到栏杆前，对狱卒说：

"我要更多干净的纱布和双氧水。"

"我不能擅离职守。"

"我也不能擅离病人。拜托，纱布和双氧水。"

狱卒心神不宁。

"不严格执行典狱长的命令，他会很不高兴。"

"不听我的，万一马丁出事，他会更不高兴。"

年轻的狱卒左思右想。

"长官，我们既不会穿墙，也不会吞栏杆……"医生跟他讲道理。

狱卒骂了句娘，拔腿就走。萨纳乌哈守在栏杆前，等他往药房方向越走越远。萨尔加多呼吸不畅，已经睡了两个小时。费尔明悄悄挨近走道，和医生交换了个眼色。萨纳乌哈扔了个包裹过来，包着破布，捆着绳子，比扑克还小。费尔明伸手在空中接住，迅速退回到牢房暗处。狱卒拿着萨纳乌哈要的东西回来，隔着栏杆，看见萨尔加多的身影。

"快了，"费尔明说，"估计撑不到明天。"

"帮他撑到六点,别触我霉头,要死交班后再死。"

"尽人事吧!"费尔明回答。

十七

那天晚上,费尔明在牢房拆萨纳乌哈医生隔着走道扔给他的包裹时,一辆黑色斯图贝克轿车载着典狱长从蒙锥克城堡沿公路下山,驶往港口边的阴暗街道。司机海梅特别小心,避开路上的坑坑洼洼,避免犯任何差错,免得让典狱长坐着难受,思绪被打断。新典狱长和老典狱长不同。老典狱长坐车经常跟他聊天,有时还坐在副驾驶位子上,就在他身边。巴尔斯除非下达指令,从不跟他说话;除非犯错,绊石头、急转弯,很少跟他眼神交流。犯错时,后视镜里的典狱长就一脸不高兴,眼睛直冒火。巴尔斯不许他开收音机,说电台节目有辱他智商;也不许他在仪表盘上贴妻女的照片。

还好,天晚,车不多,一路顺畅。没几分钟,车驶过阿塔拉萨纳斯哥特式建筑群,绕过哥伦布雕像,驶入兰布拉大道,两分钟后,在歌剧院咖啡馆前停下。对面黎塞欧歌剧院的晚场观众早已入场,街上基本没人。司机下车,四顾无人后,去给毛利西奥·巴尔斯开门。典狱长下车,百无聊赖地看了看兰布拉大道,整整领带,将夹克肩膀处抹平。

"在这儿等着。"他吩咐司机。

典狱长进门时,咖啡馆也基本没人,吧台后的钟指向十点差五分。服务生招呼他,他点点头,坐在里面一张桌子,慢条斯理地脱下手套,掏出结婚周年纪念时岳父大人馈赠的银烟盒,点了支烟,欣赏古老的咖啡馆。服务生手举托盘,递上湿毛巾,上面有一股洗涤剂的味道。典狱长鄙视地瞟了一眼服务生，服务生当没看见。

"先生喝点什么？"

"两杯母菊花茶。"

"放一个杯子？"

"不，分两个杯子。"

"先生等人？"

"当然。"

"明白。再来点什么？"

"蜂蜜。"

"好的，先生。"

服务生不紧不慢地走了，典狱长鄙视地低声诅咒几句。吧台的收音机正在播放情感热线节目，插播美好晨曦牌化妆品的广告，号称只要每日使用，可永葆青春、美丽和朝气。隔着四张桌子，一位老人看报纸看睡着了；其他桌子都是空的。五分钟后，上了两杯热气腾腾的母菊花茶。服务生上茶的动作慢得出奇，之后他再放下蜜罐。

"先生，就这些？"

巴尔斯点点头，等服务生回到吧台，从口袋里拿出一只小瓶，拧开瓶盖，瞅了瞅另一位顾客——还在对着报纸打瞌睡。吧台里的服务生背对着他，在擦杯子。

巴尔斯拿起瓶子，倒了点什么在桌子对面的茶杯里，加了许多蜜，用小勺搅拌，搅到充分溶解为止。收音机里正在朗读贝坦索斯一位夫人愁肠百结的来信。她在万圣节烧煳了炖菜，丈夫气得去酒吧找朋友听足球比赛，不回家，不听弥撒。主持人建议她祈祷、镇定、用些女人的手段，不过要严格控制在教义允许的范围内。巴尔斯又看了看表，十点一刻。

十八

伊莎贝拉·森贝雷十点二十分进门。她身着款式简单的大衣，扎着头发，脸上不施脂粉。巴尔斯见她，招招手。伊莎贝拉看了他好一会儿，才慢慢走到桌边。巴尔斯起身，和蔼地笑了笑，伸出手。她视而不见，径直坐下。

"我自作主张，要了两杯母菊花茶，这么不舒服的晚上，喝一杯茶再好不过。"

伊莎贝拉避开巴尔斯的目光点点头。典狱长目不转睛地看着她。森贝雷夫人一如既往，故意胡乱修饰，尽量掩饰自身的美。巴尔斯欣赏着她的唇线、颈动脉的跳动和大衣下隆起的胸。

"您说。"伊莎贝拉开口。

"首先，时间紧迫，您依然按时赴约，请允许我向您表示感谢。下午接到您的来信，我觉得，这话题不便在办公室和监狱谈。"

伊莎贝拉只是点了点头。巴尔斯喝了一口母菊花茶，舔了舔嘴唇。

"味道好极了，巴塞罗那极品，您尝尝。"

伊莎贝拉充耳不闻。

"您应该能理解，谨慎点好。请问，您今晚来这儿，跟谁说过没有？"

伊莎贝拉摇了摇头。

"跟您丈夫说过？"

"我先生在书店盘点，不到天亮回不了家。没人知道我在这儿。"

"如果您不爱喝母菊花茶，我帮您要点别的？……"

伊莎贝拉摇摇头，把杯子端在手里。

"就喝这个。"

巴尔斯平静地笑了笑。

"刚才说了，我接到您的来信，理解您的愤怒，想跟您解释，一切都是误会。"

"勒索可怜的精神病患者——您的犯人，让他帮您写书，获取名声。至此，我想没有误会。"

巴尔斯的手往伊莎贝拉那边伸了伸。

"伊莎贝拉……我能这么称呼您吗？"

"别碰我。"

巴尔斯息事宁人地把手缩了回去。

"行，咱们静下心来，好好谈谈。"

"没什么好谈的。您要是不放过大卫，我就把您的丑事、您骗人的伎俩全都捅到马德里或其他该捅的地方去，所有人都会知道您是哪种人、哪种文人。什么也拦不住我，谁也拦不住我。"

伊莎贝拉噙着泪，手里的母菊花茶杯抖个不停。

"伊莎贝拉，您喝点儿，喝点儿会舒服些。"

伊莎贝拉魂不守舍地喝了两口。

"加点蜜，味道更好。"巴尔斯又说。

伊莎贝拉又喝了两三口。

"伊莎贝拉，我承认，我对您非常敬佩。"巴尔斯说，"有勇气、有决心帮可怜鬼马丁的人屈指可数……他被所有人遗弃，被所有人背叛，除了您。"

伊莎贝拉紧张地看了看吧台后的钟，十点三十五分，她又喝了两口茶，然后一饮而尽。

"您对他一定十分欣赏。"巴尔斯胆子越说越大，"有时，我扪心自问，假以时日，如果您了解到真实的我，会不会也同样欣赏我?"

"巴尔斯,您让我恶心,您和所有像您这样的败类让我恶心。"

"我懂,伊莎贝拉。可是,像我这样的败类永远掌控这个国家,像您那样的人永远被人掌控,谁说了算很重要。"

"这次不同。这次,您捣的鬼,您的长官会知道。"

"您怎么知道他们会在乎?他们难道没做过?和我相比,有过之而无不及。我只是小巫见大巫。"

巴尔斯笑了,从夹克口袋里掏出一张对折的纸。

"伊莎贝拉,我想让您知道,我不是您想的那种人,有此为证。这是大卫·马丁的释放令,明天生效。"

巴尔斯递给她看,伊莎贝拉简直不敢相信。他掏出笔,二话不说,签上大名。

"好了!事实上,大卫·马丁已经是自由身。多亏了您,伊莎贝拉。多亏了您……"

伊莎贝拉眼神朦胧地看了他一眼,巴尔斯见她瞳孔渐渐放大,嘴唇上出了一层汗。

"您好吗?您脸色苍白……"

伊莎贝拉摇摇晃晃地站起来,抓着椅子。

"伊莎贝拉,您头晕?我送您回去?"

伊莎贝拉后退几步,往门口走,撞上了服务生。巴尔斯在桌边继续品茶。时钟指向十点四十五分,他在桌上扔下几枚硬币,慢条斯理地出门。车在人行道上,司机开门恭候。

"典狱长先生回家还是回城堡?"

"回家。不过,先去趟新村的维拉德尔旧工厂。"他下令。

西班牙文坛明日之星毛利西奥·巴尔斯在领取战利品的路上,望着无比痛恨、饱受诅咒的巴塞罗那漆黑无人的街道,为伊莎贝拉和不该发生的事流下了热泪。

十九

萨尔加多昏睡后醒来,睁开眼,首先映入眼帘的是有人一动不动地站在床前看他。他一惊,以为还在地下审讯室。过道摇曳的烛光勾勒出熟悉的面容。

"费尔明,是您?"他问。

黑影点点头,萨尔加多深呼吸。

"我口干,有水吗?"

费尔明慢慢靠近,手里有东西:一块布和一个玻璃瓶。

萨尔加多见费尔明把玻璃瓶里的液体倒在布上。

"费尔明,这是什么?"

费尔明没有回答,面无表情地俯下身,盯着他看。

"费尔明,不要……"

没等他说完,费尔明把布紧紧地按在他口鼻处,头也按在床上。萨尔加多使出仅有的力气拼命挣扎,费尔明按住不放,萨尔加多恐惧地看着他,几秒钟后失去了知觉。费尔明没有把布拿开,又数了五秒才放。他坐在床上,背对萨尔加多,等了几分钟,然后,按照马丁的吩咐,走到牢房门前。

"狱卒!"他叫道。

走道里传来新狱卒的脚步声。马丁本以为值夜班的是贝波,不是这个蠢货。

"又怎么啦?"狱卒问。

"萨尔加多翘辫子了。"

狱卒恼羞成怒地摇摇头。

"我操他妈!那怎么办?"

"请您把袋子拿来。"

狱卒直骂运气太背。

"长官,您要是愿意,我来装。"费尔明自告奋勇。

狱卒略带感激地点点头。

"您先去拿袋子,我装,您再去汇报。半夜前,他们会把尸体拖走。"费尔明又说。

狱卒又点点头,去拿帆布袋。费尔明站在牢房门口,走道对面的马丁和萨纳乌哈默默地看着他。

十分钟后,狱卒拎着袋子回来,掩饰不住腐臭带来的恶心。费尔明退回牢房,等候指示。狱卒打开牢门,把袋子往里一扔。

"长官,您赶紧去汇报,这样,尸体十二点前就能拖走,否则要等到明天晚上。"

"您一个人能装进去?"

"长官,不用担心,我有经验。"

狱卒又点点头,将信将疑。

"看咱们运气如何,断了的手腕已经开始流脓,之后那味道我就不跟您形容了……"

"妈的!"狱卒一溜烟地逃走。

听狱卒离开走道,费尔明赶紧脱掉萨尔加多的衣服,再脱掉自己的衣服,穿上盗贼臭气熏天的破衣烂衫,换自己的衣服给他穿上。他让萨尔加多脸朝墙,侧卧在床上,盖上毯子,捂住半边脸,之后拿起帆布袋,自己往里钻,正打算收拢袋口,突然想起什么。

他飞速钻出,走到墙边,用指甲在两块石头缝里抠。他亲眼看见萨尔加多把钥匙藏在这里,抠呀抠,看见钥匙尖了,他想用手指夹,可惜钥匙太滑,嵌在石头缝里。

"快点。"马丁的声音从走道对面传来。

费尔明用指甲捏紧钥匙，使劲一拉，拉下了无名指指甲。他痛得钻心，眼前一黑，忍住不要叫出声来，把手指伸进嘴里，涌出的是自己的血，咸咸的，带金属味。他再把眼睛睁开，发现石头缝里的钥匙出来了一厘米。这次他轻轻一拉，钥匙便到手了。

他钻回帆布袋，尽可能从里面打结，留出一拃宽的开口。他胃里翻江倒海，不停地往喉咙口涌，他忍住了，躺在地上，从里面系绳子，留出拳头宽的缝，捏住鼻子，宁可吸自己身上的脏味，也不吸袋子里的腐臭。他对自己说：现在只有等了。

二十

湿湿的浓雾从索摩罗斯特罗海滩成片的贫民窟爬上新村的街道，典狱长的斯图贝克穿过层层迷雾，在又黑又旧的工厂、仓库、货场间缓缓驶过，车灯在正前方形成两道光束。不一会儿，迷雾中显现出维拉德尔老纺织厂的轮廓，街道尽头是废弃的烟囱和厂房顶。大门口竖着一排尖头铁栅栏，后面一片杂草荒芜，躺着几辆破卡车和两轮带篷马车的残骸。司机把车停在老纺织厂门口。

"别熄火。"典狱长吩咐。

车灯射出的两道光束冲破门后的混沌，工厂的破败历历在目。它和全城许多建筑一样，内战中遭到空袭，之后被遗弃。

棚屋在一侧，用木条封住。车库早已被付之一炬，巴尔斯估计，对面就是老传达室。窗户紧闭，其中一扇映着蜡烛或油灯的红光。典狱长坐在汽车后座，不紧不慢地观察形势，等了几分钟，他俯身向前，对司机说：

"海梅，看见左手边、车库对面的房子没有？"

典狱长第一次对他直呼其名,语气突然亲热,司机觉得还不如平时冰冷疏远的好。

"那个小平房,是吗?"

"没错。我想让您过去敲门。"

"您让我进去?进工厂?"

典狱长不耐烦地叹了口气。

"不是进工厂。仔细听好,看见那房子了,是吗?"

"是的,先生。"

"很好。您走到栅栏那儿,找豁口进去,到小房子,敲门。到此为止,听明白没?"

司机兴致索然地点点头。

"很好。您敲门,有人开门。开了门,您就说:'杜鲁提还活着。'"

"杜鲁提?"

"别插嘴!重复我说的话,他们会给您点儿东西,一个箱子或一个包裹,您拿过来。就这些,很简单,不是吗?"

司机脸色苍白,不停地看后视镜,似乎黑暗中会随时蹿出人或东西。

"放心,海梅,不会发生任何意外,我以个人名义请您帮忙。告诉我,您结婚了吗?"

"快三年了,典狱长先生。"

"真不错!有孩子吗?"

"女儿两岁,老婆又怀上了,典狱长先生。"

"家庭是最重要的,海梅,您是优秀的西班牙人。您要是不介意,我提前给新生儿一份礼物,对您杰出的工作表示感谢,给您一百比塞塔。要是您答应帮我这个小忙,我会保荐您晋升,在议会大厦做办公室文员,您意下如何?我在里头有朋友,布尔什维克将国家带入深渊,他们在找有个性的人拯救祖国。"

提到钱和光明的前途,司机的嘴角泛出一丝笑容。

"不会有危险或者……"

"海梅,我是典狱长,我会让您去做危险或违法的事吗?"

司机默默地看着他,巴尔斯冲他微笑。

"来,告诉我,该做什么?"

"到门口,敲门,开门后说:'杜鲁提万岁。'"

"'杜鲁提还活着。'"

"是的,'杜鲁提还活着。'他们会给我一个箱子,我拿过来。"

"然后咱们回家,就这么简单。"

司机点点头,犹豫片刻,下了车往栅栏走。巴尔斯见他的身影穿过车灯射出的光束,走到门口,回过头来看车。

"进去呀,白痴!"巴尔斯喃喃自语。

司机从豁口进去,穿过野草瓦砾,慢慢靠近小屋。典狱长从大衣内袋里掏出枪,扣紧扳机。司机走到门口,站住。巴尔斯见他敲了两下门,等。快一分钟过去了,没有动静。

"再敲。"巴尔斯低声对自己说。

司机似乎无所适从,又回头看车。突然,方才紧闭的大门亮出黄光。巴尔斯见司机说出暗号,又微笑着回头看车。"砰"的一声,一颗子弹射入他的太阳穴,穿颅而过,另一端漫出一片血雾。硝烟中,身体,不,是尸体,还站了一会儿,之后像打碎的木偶,轰然倒地。

巴尔斯飞快地离开后座,钻进斯图贝克驾驶座,左手握枪,搭在仪表盘上,对准工厂入口,倒车,踩油门。汽车穿过坑坑洼洼的街道,磕磕绊绊地退进迷雾。倒车时,典狱长见几发子弹往工厂门口射来,没射中车。倒了两百米,他才调转车头,将油门踩到底,咬牙切齿地驱车驶远。

二十一

费尔明藏在袋子里,只听见声音。

"喂,咱们运气不错。"新来的狱卒说。

"费尔明睡了。"萨纳乌哈医生在自己牢房里说。

"有些人运气就是好。"狱卒说,"在这儿,拖走吧!"

费尔明听见周围有脚步声,感觉猛地晃了一下。一名掘墓人打开结,系紧。之后,两人拎着袋子,毫不顾忌地在石头走道上拖行。费尔明吓得一动不动。

台阶、拐角、门槛,刀一般无情地在他身上割来割去。他把拳头塞进嘴里咬住,以免得疼得叫出声来。走了好久,气温陡降,城堡里无处不在的回声消失了。出来了!又在一段有水洼的石头路上拖了几米,寒气透过袋子,迅速渗入。

最后,他感觉被抬起来,往空中扔,落到一块木板上。脚步声走远,他深吸一口气,袋子里一股粪便、腐肉、瓦斯味。他听见卡车点火,一晃,车开了,下坡,袋子一滚。他意识到,卡车正在沿几个月前的上山路晃悠悠地下山。他想起上山路很长,有许多弯道。不一会儿,车拐了个弯,换了条直路走,没铺柏油,是条土路。没走大路!费尔明敢打包票:车没下山进城,在往山里走。糟糕!

至此,他才发现,也许马丁没有面面俱到,细节上有所遗漏。毕竟,谁也说不清犯人尸体如何处理。也许,马丁没想到投焚烧炉、毁尸灭迹的可能性。他能想象出萨尔加多从氯仿麻醉造成的昏睡中苏醒,会笑着说:费尔明·罗梅罗·德·托雷斯,或者管他叫什么,还没下地狱,就被活活烧死了。

车又开了几分钟,过一会儿,开始减速。这时,费尔明第一次闻到一股前所未有的恶臭,心一哆嗦,那股无法形容的味道直让他恶心。真希望他没听疯子马丁的话,好好在牢里待着。

二十二

典狱长抵达蒙锥克城堡,下车,迅速赶往办公室。秘书坐在门前那张小办公桌旁,用两个指头敲打当天的来往信件。

"这事先放一放,叫人把萨尔加多那个狗娘养的带来,马上。"他下令。

秘书茫然地看着他,在想说还是不说。

"别傻坐着,快去。"

秘书慌慌张张地站起来,避开典狱长愤怒的目光。

"典狱长先生,萨尔加多死了,就在今晚……"

巴尔斯闭上眼,深呼吸。

"典狱长先生……"

巴尔斯不想解释,拔腿就跑,一直跑到十三号牢房。狱卒见了,从昏睡中惊醒,向他敬了个军礼。

"长官阁下,怎么……"

"开门,快!"

狱卒打开牢门,巴尔斯想都没想,冲了进去,走到床前,抓住床上那人的肩膀使劲一掰,萨尔加多仰面朝天。巴尔斯弯下腰闻了闻,转过身,狱卒一脸惊恐地看着他。

"尸体在哪儿?"

"被殡仪馆的人拖走了……"

巴尔斯赏了他一耳光,将他打倒在地。赶来两名哨兵,等典狱长发号施令。

"捉活的。"他吩咐。

哨兵点点头,一溜烟地走了。巴尔斯站在那儿,倚着马丁和萨纳乌哈医生那间牢房的栏杆。狱卒站起来,大气不敢出一声,见典狱长在笑。

"马丁,是您的主意,对吗?"巴尔斯终于发问。

典狱长向他致意,一边离开走道,一边慢慢鼓掌。

二十三

费尔明发现卡车在减速,在没有铺柏油的路上和最后几块石头做斗争,嘎吱嘎吱颠簸了两分钟后熄火了。渗入袋中的臭气无法形容。两名掘墓人来到卡车车厢,他听见插销声。突然,袋子被猛地一拎,扔向空中。

费尔明肋骨着地,剧痛一直蔓延到肩膀。没等他反应过来,两名掘墓人就从石子地上拎起袋子,一人一头抬上坡,走了几米才停下,把袋子放下。费尔明听见其中一个跪在地上,解开袋子上的结;另一个走远些,拿了个金属制品。费尔明想吸口气,可臭气直烧喉咙。他闭上眼,凉气扑面而来。掘墓人抓着袋子封口那边,使劲一扯,费尔明的身体滚落在石头和水洼地上。

"来,数到三。"其中一个说。

四只手抓住他手腕脚踝,费尔明拼命屏住呼吸。

"喂,他是不是在出汗?"

"傻瓜,死人出什么汗?可能是水洼里的水。好了,一、二……"

"三。"费尔明感觉在空中摇荡。过了一会儿,他飞了出去,生死未卜。他在空中睁开眼,跌落到地面前,发现自己正在飞入山里挖出的一个大坑,月光下,只见地上有白花花的东西,他肯定那是石头。落地前半秒,他平静地决定,要死而无畏。

软着陆。费尔明感觉身体落在又软又湿的东西上。头上五米,一名掘墓人在用铲子洒着什么。亮晶晶的白色粉末雾一般落在他身上,一秒钟后,像硫酸腐蚀着他的肌肤。两名掘墓人走了,费尔明坐起来,发现身处一个万人坑,周围全是尸体,覆盖着生石灰。他想抖掉火烧火燎的粉末,爬过尸体,找到坑壁,顾不上疼痛,手指伸进土里往上爬。

他爬上坑顶,挣扎着找到一个脏水洼洗生石灰;站起来,见车灯在夜幕中远去;回头看,脚下的万人坑里,尸体横七竖八,数不胜数。他恶心极了,跪在地上,吐了满手的血和苦胆。死人的恶臭和内心的恐惧几乎让他无法呼吸。这时,远处传来动静。抬头一看,只见两辆车的车灯正在靠近。于是,他往山坡上跑,跑到一小块平地,从那儿能看见山脚下的大海和港口防波堤上的灯塔。

蒙锥克城堡高耸入云,乌云缓缓移动,遮住了月亮。车声越来越近。费尔明毫不犹豫地跳下山坡,落地后往下滚,在树干、石块、杂草间撞来撞去,撞得他皮开肉绽。他不觉得痛,不觉得怕,不觉得累,一直滚上公路,往港口货场一路狂奔,一刻不停,上气不接下气,不知跑了多久,不知早已遍体鳞伤。

二十四

他来到索摩罗斯特罗海滩迷宫般一眼望不到头的贫民窟时,天刚蒙蒙亮。晨雾从海上升起,爬过屋顶。费尔明钻进贫民窟里的狭街窄巷,倒在两大堆瓦砾间,被正在拉木箱的两个衣衫褴褛的孩子发现。孩子们停下,见瘦骨嶙峋的他似乎每个毛孔都在出血。

费尔明冲他们笑了笑，用两个指头摆出胜利的手势。孩子们对视一眼，其中一个说了些什么，他没听见。他累坏了，眼睛半睁半闭，见四个人把他从地上抬起来，抬到床上，火堆就在床边。他身上暖和了，手、脚、胳膊渐渐恢复了知觉，疼痛也随之而来，像缓缓的、势不可挡的潮汐。周围的女人窃窃私语，他听不懂说的是什么。她们拿掉他身上所剩无几的破布条，将樟脑加入热水，浸湿毛巾，轻轻地擦拭他遍体鳞伤的身躯。

他感觉老太太的手在摸他额头，半睁开眼，看见她疲惫睿智的目光。

"你从哪里来？"她问。神志不清的费尔明以为她是妈妈。

"从死人堆里来，妈妈，"他低声说，"我是从死人堆里爬出来的。"

第三部　重　生

一

巴塞罗那　一九四〇年

维拉德尔旧工厂的事故没有见报，曝光对谁都没好处。只有当事人记得发生过什么。毛利西奥·巴尔斯赶回城堡、发现十三号犯人越狱当晚，已通知社会组傅梅洛警官，说接到犯人线报。天亮前，傅梅洛带人各就各位。

警长留两个人在周边放哨，将兵力集中在正门。如巴尔斯所言，从正门就能看见小房子。接到犯人线报后，典狱长英勇无畏的司机海梅·蒙托亚自告奋勇，单枪匹马前去查证有关破坏分子的情报是否属实，不幸遇难，遗体仍留在瓦砾中。快天亮前，傅梅洛下令进入旧工厂，包围小房子。房子里面有两个男人和一个年轻女人，等他们意识到被警察包围，只发生了一个小意外。那个女人手持火器，打伤了一名警察的胳膊，只是擦伤，并无大碍。多亏这个意外，傅梅洛及手下三十秒便将破坏分子制服。

警长命人将破坏分子关进小屋，司机遗体也拖进去。他不问姓名，不要证件，只让手下用电线将破坏分子的手脚捆在角落里几把生锈的椅子上，让他们动弹不得。之后，他命手下全部出去，守在小屋和工厂门口待命，他一个人留下，关上门，对着破坏分子坐下。

"我一晚上没睡，累得很，想回家。告诉我，替萨尔加多藏的钱和珠宝在哪儿？说完就没事了，行不行？"

犯人们茫然不解、惊恐万状地看着他。

"我们不知道什么珠宝，也不认识什么萨尔加多。"年纪最大的男人说。

傅梅洛不耐烦地点点头，目光慢悠悠地掠过三名犯人。他们让他不胜其烦，他想看透他们的心思。他犹豫片刻，挑中了那个女人，把椅子拖到离她只有两拃远的地方。女人吓得瑟瑟发抖。

"别碰她，狗娘养的！"年纪较轻的另一个男人骂道，"你要是碰她，我发誓，一定把你给宰了！"

傅梅洛的笑容充满忧伤。

"你的女朋友很美。"

警员纳瓦斯守在小屋门口，冷汗直流，衣服都湿了。他装作没听见屋里的惨叫声，同伴从工厂大门向他投来询问的目光，他摇摇头。

谁也没说话。傅梅洛在小屋里待了半小时，终于，门开了。纳瓦斯让到一边，尽量不去看警长黑衣上的湿斑点。傅梅洛慢腾腾地走到门口，纳瓦斯往屋里瞟了一眼，忍着恶心把门关上。傅梅洛一个手势，两名手下提着汽油桶，浇到周围和小屋的墙上。他们没有留下欣赏火势如何。

傅梅洛在汽车后座上等手下回来。当旧工厂的废墟腾起火苗和烟柱，灰烬随风而散时，他们默默地驱车离开。傅梅洛打开车窗，张开手掌，去触摸冰冷潮湿的空气，指头上有血。开车的纳瓦斯目视前方，尽管眼前只有关上屋门时，年轻女子——当时她还活着——哀求的目光。他发现傅梅洛在看他，便双手紧握方向盘，免得发抖。

人行道上，一群衣衫褴褛的孩子目送汽车经过。其中一个做出举枪射击的手势，傅梅洛笑了，也比划出同样的手势。汽车消失在烟囱林立、仓库密布的街道中，似乎从未去过旧工厂。

二

费尔明在茅屋里昏迷了七天。什么湿布也退不了他的烧，什么药膏也驱散不了吞噬他内心的恶魔。当地的老太太们经常去轮流照顾他，给他进补，希望保住他一条命。她们说陌生人的心里有个恶魔，悔恨的恶魔。他的灵魂想逃往隧道尽头，在黑暗的虚无中获得安息。

第七天，在当地威信只差上帝两公分、被大家称为阿尔曼多的人来到茅屋，坐在病人身边。他检查伤口，掀开眼皮，观察放大的瞳孔，探寻隐藏的奥秘。照顾费尔明的老太太们充满敬意，安静地围在他身后。不一会儿，他暗暗点头，走出茅屋。守在门口的两个年轻人跟他来到海边，潮水卷起白色的浪花涌到眼前。他们仔细聆听他的指示，他目送他们离开，坐在被风暴吹得七零八落、搁浅在海滩和炼狱之间的渔船残骸上。

他点了支短烟，在清晨的微风中细细品味，从口袋里掏出随身携带好几天的《先锋报》剪报，边吸烟，边想该如何是好。在报上，夹在广告和平行线大街演出预告中，隐藏着一条简讯：蒙锥克监狱有名犯人越狱。报道语言无味，一字不漏地照搬官方声明。编辑唯一能做的，只是在末尾添上一句：城堡坚不可摧，此前从没有人逃出过。

阿尔曼多抬头，望着南边的蒙锥克山。城堡凌驾于城市之上，高低错落的塔楼在海上升起的薄雾中时隐时现。他苦笑着用烟头点燃剪报，看它在风中化为灰烬。报纸一如既往地逃避现实，似乎真相会要人性命，没准儿真是如此。那则简讯怎么看都非事实之全部，细节故意略去不表，还说什么蒙锥克监狱之前从未有人越狱。阿尔曼多心想，也许说的没错。叫阿尔曼多的他只是看不见摸不着的穷人世界的一分子。有些时候,有些地方,无名比有名更受尊敬。

三

日子一天天慢慢挨。阿尔曼多每天去一次茅屋,关心垂死之人的状况。他的高烧一点点退去,浑身上下的撞伤、割伤、划伤抹上药膏后,也开始一点点好转。垂死之人多半昏睡不醒,半醒时说的话也没人听得懂。

"能活下来吗?"阿尔曼多有时问。

"他还没决定。"身材高大、面容枯槁的老太太答道,可怜的费尔明叫她妈妈。

日子一周周过去。很快,没人再来打听陌生人。不想知道的事,谁也不会去问。警察和国民警卫队一般不涉足索摩罗斯特罗。有条不成文的规定:这座城市、这个世界,到贫民窟大门为止,双方都乐意保持这条看不见的边界。阿尔曼多知道:在那边,不少人公开或不公开地希望来场风暴,把贫民窟刮跑。但是,在这天来临之前,大家宁愿背朝大海,只看别处,对苦苦挣扎在海滩和新村工厂间的人们视而不见。即便如此,阿尔曼多依然心存顾虑。他们善待的陌生人,万一果真如他所料,不成文的规定也许会被打破。

陌生人刚来几周,两个新入伍的警察来打听过一个人,模样很像他,让阿尔曼多提心吊胆了好几天。之后,没人再来找过。阿尔曼多终于明白,那个人谁也不想找到,没准死了都没人知道。

抵达贫民窟一个半月后,他的伤口开始好转。他睁开眼,问这是哪儿。她们什么也不说,扶他起来喝汤。

"您应该休息。"

"我还活着？"他问。

无人确认。日子在昏睡和疲惫中度过，他总是疲惫。每次合眼休息，他都会神游到同一个地方，一次次梦见从万人坑往上爬，爬到顶，回头一看，幽灵般的尸体像一大堆游动的鳗鱼，睁开眼，跟着他爬，爬下山，爬进巴塞罗那的大街小巷，寻找昔日的家，敲昔日爱人的门。有些复仇心切，全城寻仇；大部分只想回家，回到自己床上，拥抱久违的妻子、儿女和情人。可是，谁也不给他们开门，谁也不跟他们握手，谁也不跟他们亲吻。死者放声大哭，哭声撕心裂肺，震耳欲聋。垂死之人满身是汗，在黑暗中惊醒。

时常来看他的陌生人身上有股香烟味和香水味。那个年头，香烟和香水都不常见。他坐在一旁的椅子上，目光深邃，头发漆黑，五官细长，见病人苏醒便冲他微笑。

"您是上帝还是魔鬼？"有一次，垂死之人问他。

陌生人耸耸肩，思考片刻。

"都有点。"他终于回答。

"原则上，我是无神论者。"病人告诉他，"但实际上，我很有信仰。"

"许多人都是。我的朋友，您先好好休息。天堂会等着您，地狱对您来说小了点。"

四

在陌生的黑发男子前来探望的日子里，康复中的他吃喝拉撒都靠别人，干净衣服穿着都嫌大。等他能站起来走几步，人们陪他去海边，泡泡脚，沐浴沐浴地中海阳光。一天，他看几个破衣烂衫、灰头土脸的孩子在玩沙，看了一早上，觉得想活下去，哪怕再活几天也好。随着时间的流逝，往事再次浮现，他怒火中烧，既想回去，又怕回去。

手脚和其他关节开始正常活动，又可以不痛不痒、不羞不怯地迎风撒尿，实在畅快。他对自己说：能独自站着撒尿，就表示能独自承担责任。第二天，他起了个大早，悄悄穿过狭窄的街道，来到贫民窟的边界——铁轨旁。铁轨那边烟囱林立，还有墓地的墓碑和天使像。再过去，地势缓缓而上，巴塞罗那就在那灯火阑珊处。他听见身后有脚步声，回头看见黑发男子平静的目光。

"您获得了重生。"他说。

"看这辈子是不是比上辈子活得好点，上辈子活得那叫……"

黑发男子笑了。

"请允许我做个自我介绍，我叫阿尔曼多，吉卜赛人。"

费尔明跟他握手。

"费尔明·罗梅罗·德·托雷斯，非吉卜赛人，只是相对而言。"

"费尔明，我觉得您想回去。"

"江山易改，本性难移。"费尔明说，"有些事还没做完。"

阿尔曼多点点头。

"我懂，朋友，还没到时候。"他说，"耐心点，再跟我们住段日子。"

当地人十分热情，加上重新生活让他十分恐惧，因此他又住了段日子。某周日上午，他从孩子手里借了份报纸。报纸是从巴塞罗内塔露天小食摊的垃圾桶里捡来的，不知扔了多久，日期是越狱后三个月。他对报纸进行地毯式搜索：有没有迹象？有没有信号？有没有提到越狱？什么也没有。下午，他决定，傍晚回巴塞罗那。阿尔曼多来了，说派人去过他住的那家客栈。

"费尔明，最好别回去拿东西。"

"您怎么知道我住哪儿？"

阿尔曼多笑了，避而不答。

"警察说您死了，死讯几周前见的报，我没说。我觉得对康复中的人来说，看到自己的死讯有害无益。"

"我怎么死的？"

"畏罪潜逃，失足落崖。合情合理。"

"这么说，我已经死了？"

"死透了。"

费尔明想了想新状况所带来的后果。

"那怎么办？我能上哪儿去？总不能一辈子待在这儿，利用你们的好意，殃及无辜。"

阿尔曼多坐在一边，点了根自制桉树味香烟。

"想怎么办，就怎么办，费尔明，因为您不存在。我倒希望您留下来，如今，您和我们一样，无名无姓，无影无踪，是看不见摸不着的死魂灵。但我知道您想回去了结旧事。很遗憾，您一旦离开这里，我就再也无法提供保护。"

"您已经帮了我太多太多。"

阿尔曼多拍拍他肩膀，从口袋里掏出一张对折的纸，递给他。

"离开这座城市一段日子，过一年再回来，回来从这里开始。"他走之前说。

费尔明打开纸，上面写着：

费尔南多·布里安斯
律师
卡斯佩街 12 号

阁楼顶 01 室

巴塞罗那　电话：564375

"你们这么帮我，叫我如何报答？"

"事儿处理完，来这儿找我，一起去看卡门·阿玛娅[1]跳舞，再告诉我您是怎么从那儿逃出来的，我好奇。"阿尔曼多说。

费尔明看着那双黑眼睛，慢慢地点了点头。

"阿尔曼多，您当年住哪间牢房？"

"十三号。"

"墙上的十字架是您划的？"

"费尔明，我跟您不同，我是信徒，但没信仰。"

那天傍晚，没人阻止他走，也没人跟他告别。看不见摸不着的人出发了，前往巴塞罗那，空气中弥漫着雷电的味道，远远能看见圣家大教堂的塔楼插入特大暴风雨来临前铺满天空的红色云彩。他继续往前走，走到特拉法尔加街长途汽车站。阿尔曼多送了他一件大衣，他在口袋里找到钱，买了张路程最远的票，在车上过夜。在下雨，公路上空空荡荡。第二天依然如此。就这样，火车加走路加长途夜车，若干天后，他来到了街道无名、房屋无号、无人相识的地方。

他干过无数份工作，没交过一个朋友。他花多少，挣多少。他读书，书中讲这个他不相信的世界；他写信，永远不知该如何收尾；他生活，与回忆和悔恨背道而驰。他不止一次地爬上桥，或爬上悬崖，心如止水地望着深渊，最后一刻总会想起"天空的囚徒"的眼神和那个承诺。一年后，他退掉在酒吧楼上租的房子，没带行

---

[1] 卡门·阿玛娅（1913—1963），西班牙弗拉门戈歌手、舞蹈家。

李,揣着一本在小市场上淘来的《诅咒之城》——可能是马丁作品中唯一没被烧的,他前后读过十几遍——步行两公里,去火车站买了一张期盼已久的车票。

"麻烦您,一张去巴塞罗那的票。"

售票员带着轻蔑的眼神,出了票,递给他。

"您真有雅兴,"他说,"去找那些该死的加泰罗尼亚人。"

五

巴塞罗那 一九四一年

傍晚,费尔明在法兰西车站下车。机车吐出的一大团黑烟爬向站台,遮住长途旅行后正在下车的乘客的脚。费尔明跟着大部队,默默地往出口走。乘客们衣衫破旧,拖着用皮带捆扎的行李箱;有的未老先衰,把行李打成包裹;孩子们眼神空洞,口袋空空。

费尔明见站台出口守着两个国民警卫队员,眼神游移,想停哪儿就停哪儿,要求检查证件。他径直往其中一个走去,隔着十几米,发现对方正盯着自己。马丁的小说陪伴了他这些日子,书里有个人说过:对付警察的最好办法莫过于抢在他之前开口。国民警卫队员的手还没指到他身上,他就冲他走了过去,镇定自若地问:

"晚上好,长官,能告诉我未来旅馆在哪儿吗?我对城市不熟,只知道在王宫广场。"

国民警卫队员默默地打量他,有点乱了分寸。同伴过来,站在他右边。

"到出口问去!"他的口气不太和善。

费尔明礼貌地点点头。

"对不起,打扰了。我去出口问。"

他正要往车站出口走,另一位国民警卫队员抓住他胳膊。

"王宫广场,出门左拐,军政府对面。"

"非常感谢,祝两位晚上愉快。"

国民警卫队员把手松开,费尔明慢慢地、一步步往前走,走到出口,走上大街。

红色的天笼罩在黑色的巴塞罗那上空,建筑物轮廓细长,影影绰绰。一辆没坐满的有轨电车慢悠悠地开过,在石板地上投下微弱的光,费尔明等车过去,再过街。他避开发光的轨道,看了看哥伦布大道,远处是高高在上的蒙锥克山和城堡。他低下头,沿贸易街往博尔内市场走。街上空空荡荡,习习凉风在小巷间乱窜。他无处可去。

记得马丁说过,多年前,他就住在附近,挨着毛利巧克力工厂,在阴森狭窄的弗拉萨德尔街一栋气势恢宏的老宅里。费尔明往那儿走,到了才发现老宅和旁边那栋房子都在内战中毁于轰炸。政府连废墟也没清理,附近住户大概以为,辟出一条比贵族宅邸的走廊更窄的街道便能通行,只需将瓦砾移开,堆到路边。

费尔明环顾四周,只看见阳台透出的微弱灯光和烛光。他钻进废墟,绕开瓦砾、断裂的滴水嘴和扭在一起、拆不开的房梁,找了个空缩在里头。挡风的石头上写着数字17——大卫·马丁老宅的门牌号。他把大衣和衣服底下的旧报纸塞好,缩成一团,闭上眼,想睡一觉。

半小时后,寒气渗进了骨头,湿湿的风吹在废墟上,无孔不入。费尔明睁开眼,站起来,想另找个舒服点的地方。突然,他发现街上有人看他。他一动不动,人影往他走了几步。

"是谁?"他问。

人影又走近一些，远处的街灯照亮了他的身影，是个又高又壮的黑衣男子。费尔明注意到他的衣领，是位神父。他高举双手，以示和平。

"我这就走，神父。拜托您，别报警。"

神父上上下下地打量他，眼神犀利，模样像在港口扛了半辈子大包，而不是举了半辈子圣杯。

"您饿不饿？"他问。

费尔明饿得恨不得将石头吞下肚，如果有人在上面滴三滴橄榄油的话。但他摇了摇头。

"我刚在七门饭店用完晚餐，饱饱地吃了顿乌贼汁米饭。"他说。

神父隐约露出微笑，转身就走。

"跟我来。"他吩咐。

六

瓦莱拉神父住在博尔内街顶头那栋楼的阁楼，正对着博尔内市场的屋顶。费尔明兴高采烈地见他在自己面前放上三盘汤、几块又干又硬的面包和两杯兑了水的葡萄酒，好奇地看着他问：

"您不吃晚饭吗，神父？"

"我没有吃晚饭的习惯，您吃吧！看样子，您从三六年饿到现在。"

费尔明一边稀里呼噜地喝汤，龇牙咧嘴地啃面包，一边扫视餐厅的摆设。身旁的玻璃橱里有一套杯碟、几个圣徒像和一套挺不错的银餐具。

"我读过《悲惨世界》,千万别动那念头[1]。"神父提醒他。

费尔明惭愧地低下头。

"您叫什么名字?"

"费尔明·罗梅罗·德·托雷斯,愿为您效劳。"

"费尔明,有人要抓您?"

"得看怎么说,这问题很复杂。"

"不想说就算了,反正不关我的事。不过,您穿这身衣服没法儿出门,还没走到拉耶塔纳大街就会被抓。不少人躲了很久,还是被抓进去了,千万小心。"

"我雪藏了一笔钱,找到就去浮船坞时装店,好好换副行头。"

"来,站起来看看。"

费尔明放下勺子,站起身来,神父仔细看了看。

"拉蒙两年前跟您身材差不多,他年轻时穿的几件衣服您一定合身。"

"拉蒙是谁?"

"我弟弟,三八年五月死在大楼门口。杀手是冲我来的,但被他挡下了。他是个乐手,在市乐团任首席小号手。"

"太遗憾了,神父。"

神父耸了耸肩。

"无论哪派,谁没有失去过亲人?"

"我哪派都不是。"费尔明反驳道,"更何况,旗子不过是几块染了颜色的布,老掉牙的东西。只要见人裹着旗子唱歌,滔滔不绝地演说,我就恶心得上吐下泻,总觉得过分忠于派别的人多少有点奴性。"

"看来,您在这个国家受了不少罪。"

---

[1] 雨果巨著《悲惨世界》的故事中,主人公冉阿让出狱后曾偷走主教家的银烛台。

"您绝对想象不出。不过，我总安慰自己，只要能吃到正宗的西班牙火腿，受点罪值得。到哪儿都得受罪！"

"这倒是。我说，费尔明，您多久没吃到正宗的西班牙火腿了？"

"最后一次是一九三四年三月六日，在艾斯古迪耶尔街蜗牛餐厅。恍如隔世。"

神父笑了。

"费尔明，您可以在这儿过夜，不过，明天必须另找地方。人言可畏。我给您钱，让您找家客栈。不过，所有客栈都要查身份证，住户名单要上报警察局。"

"神父，您不必多言。明天日出之前，我会像风一样消失。还有，我不要您一分钱，已经非常非常麻烦您了……"

神父举起手，摇了摇。

"来，看看拉蒙的衣服您穿合不合适？"说着，他从桌边站起身来。

瓦莱拉神父执意送他一双五成新的鞋、一套干净的普通毛料西装、两套换洗内衣和一些洗漱用品，全部放进一只箱子。书架上有只闪闪发光的小号和几张照片，照片上的两个年轻人长得很像，微笑着，像在参加格拉西亚区的节日派对。仔细看，才能发现其中一个是瓦莱拉神父，他现在的模样老了差不多三十岁。

"没热水。淋浴的话，水箱里的水早上才上。要么您等，要么拿桶洗。"

费尔明凑合着洗了洗，巴莱拉神父用菊苣掺了些形状可疑的物质煮了壶咖啡，没有糖。不过，那杯脏兮兮的水好歹是热的，有神父做伴，喝起来很愉快。

"没准，别人还以为我们在哥伦比亚品尝优质精选咖啡豆呢！"

费尔明说。

"费尔明，您很特别，能问您一个私人问题吗？"

"您能像忏悔那样保守秘密吗？"

"能。"

"您问。"

"您杀过人吗？我指在内战中。"

"没有。"费尔明问答。

"我杀过。"

费尔明喝着咖啡，突然愣住。神父低下了头。

"我没告诉过任何人。"

"我会像忏悔那样保守秘密。"费尔明保证。

神父揉了揉眼睛，叹了口气。费尔明自问：神父守着秘密、怀念死去的弟弟、一个人过了多久？

"神父，您一定是不得已。"

神父摇了摇头。

"上帝遗弃了这个国家。"他说。

"别怕。见到比利牛斯山北边的情景，上帝会夹着尾巴逃回来。"

神父沉默了很久。他们喝完那杯咖啡的替代品。可怜的神父越来越消沉，费尔明为了安慰他，又倒了一杯。

"您真的爱喝？"

费尔明点了点头。

"您想做一次忏悔吗？"神父突然问，"这次不开玩笑。"

"神父，您别生气，这玩意儿我不信……"

"也许，上帝信您。"

"我没觉得。"

"忏悔无需信上帝，是您对您的良心忏悔，有何损失？"

费尔明向瓦莱拉神父忏悔了整整两个小时,把从一年多前越狱起憋在心里的话全说了。神父听得很认真,不时地点点头。最后,费尔明感觉全掏空了,不知不觉,多少个月来,压在心里的大石头没了。神父从抽屉里拿出一小瓶酒,问都没问,一滴不剩的全倒给了他。

"您不宽恕我,神父?只给一口白兰地?"

"还不是一回事。再说,我已经没资格评判别人、宽恕别人了,费尔明,我只觉得您全说出来,会好受些。现在,您有什么打算?"

费尔明耸了耸肩。

"我回来,拼了命地回来,是因为答应过马丁。我要去找那个律师,再去找伊莎贝拉夫人和那个孩子达涅尔,去保护他们。"

"怎么保护?"

"我不知道,总会有办法,您有什么建议?"

"可您压根儿不认识他们,只是在狱中认识了一个人,跟您提过,完全是陌生人……"

"我知道,这么说很疯狂,是吗?"

神父看了看他,似乎能看出言外之意。

"目睹了无数人间苦难、人性卑劣,您想做点善事,哪怕是傻事,对吗?"

"为什么不呢?"

瓦莱拉笑了。

"我就知道,上帝信您。"

七

第二天,费尔明蹑手蹑脚地离开,不想吵醒沙发上拿着马查多[1]诗集、鼾声如雷的瓦莱拉神父。临走前,他在神父的额头上亲了一口。他把神父用餐巾包着、塞进箱子里的银餐具拿出来放在桌上,衣着整洁、问心无愧地下楼,决定要活下去,哪怕再活几天。

那天阳光明媚,天空澄净,海风徐徐,清爽宜人,细长的影子伴随在每个人的脚下。早上,费尔明去逛记忆中的街道,停下来欣赏橱窗,坐下来欣赏美女(他觉得个个都是)。中午,他去艾斯古迪尔街口的一家小饭馆吃饭——挨着给他留下美好回忆的蜗牛餐厅。小饭馆声名狼藉,卖全城最便宜的三明治,不怕死的才敢去吃。行家说,窍门在于别问用的是什么料。

费尔明换了副行头,俨然一位绅士,塞了好几份《先锋报》在衣服里撑撑门面,壮壮肌肉,免得不值钱的大衣看起来单薄。他往吧台一坐,看了看菜单。买得起什么能把肚子填饱?他决定跟服务生商量商量。

"小伙子,我有个问题。在'今日推荐'中写着:大香肠、科尔内亚冷餐肉加本土面包三明治。面包上有没有抹上新鲜的西红柿?"

"刚从普拉特菜园摘来的,就在硫酸厂后头。"

"超级美味!我说,好心的小伙子,这里能不能赊账?"

服务生收起笑容,退到吧台后,抹布搭在肩上,一脸敌意。

"天王老子也不行。"

"残废的功勋老兵也不能破例?"

"赶紧滚,要不我通知警局社会组。"

费尔明见形势急转直下,只好偃旗息鼓,找了个安静的墙角暂避一下风头再做打算。他刚在门廊台阶上坐下,一位妙龄女子就从身旁经过,看上去还不到十七岁,胸脯高耸。她一下子摔到地上。

---

[1] 安东尼奥·马查多(1875—1939),西班牙著名诗人,"98一代"作家之一,代表作为《卡斯蒂利亚的田野》。

费尔明起身去扶,刚抓着她胳膊,就听见身后有脚步声。和那人相比,刚刚不客气地撵他上一边儿凉快去的服务生的嗓门实可谓天籁之音了。

"喂,臭婊子,别跟我来这一套!否则,我刮花你的脸,把你扔在这婊子不如的大街上!"

说这番话的混混脸色发青,戴了一堆假首饰,品味令人质疑。那家伙块头有费尔明两个大,手里抄的家伙,就算头不尖也是把锐器。费尔明不管这些,杀手也好,妓院打手也罢,他都无法容忍。于是,他往妙龄女子和那家伙中间一站。

"混蛋,你他妈谁啊?快滚,免得我揍扁你的脸。"

费尔明发现那女子紧紧抓着他胳膊,身上有股桂皮和油炸食品混杂的怪味。看一眼杀手,就知道靠嘴皮子解决不了问题,因此费尔明二话不说,决定动手。他仔细观察,发现对手身上那堆肉十有八九是脂肪,所谓肌肉或头脑,倒没有多少。

"别这么跟我说话,更不能这么跟小姐说话。"

流氓没想到他会说这番话,呆呆地看着他,以为这么瘦弱的人无论如何不会跟他打架。谁知,对方说动手就动手,突然用箱子砸他的肥肉。他双手捂住命根子,倒在地上。随后,箱子包了皮的角又在他身体关键部位砸了四五下,让他暂时瘫倒在地,无还手之力。

观战的路人开始鼓掌。费尔明回头想看看女子是否安然无恙,发现她目光柔情似水、对他感激涕零。

"费尔明·罗梅罗·德·托雷斯,愿为您效劳,小姐。"

女子双脚并拢,搂着他脖子,在他脸颊上亲了一口。

"我是小罗西奥。"

那家伙躺在脚边,想爬起来喘口气。费尔明趁敌弱我强的优势尚未逆转之际,选择赶紧逃离这是非之地。

"赶紧跑,"费尔明说,"先机已失,形势不利……"

小罗西奥抓着他的胳膊,带他在蛛网似的小巷里拐来拐去,拐到皇家广场。直到重见天日,来到空旷的地方,费尔明才停下喘了口气。小罗西奥见他时不时脸色煞白,看起来情况不妙,估计是打架一激动,或肚子一饿,让这位勇敢的拳击冠军血压陡降。她搀着他,来到"两个世界"客栈露天茶座,费尔明瘫倒在椅子上。

小罗西奥只有十七岁上下,但其专业的医科判断估计连特鲁埃塔医生[1]也自叹不如。她替费尔明点了一整套小吃,以帮助他恢复。大餐上桌,费尔明吓了一跳。

"小罗西奥,我身上一分钱也没有……"

"这顿我请,"她骄傲地截住他话头,"我的男人我照顾,保管让他吃饱吃好。"

小罗西奥一口气要了熏肠、面包、炸土豆块,外加超大罐啤酒。费尔明渐渐恢复,说话底气十足,姑娘满意地看着他。

"饭后甜品嘛,我点这里最拿手的,保管吃得您目瞪口呆。"姑娘直舔嘴唇。

"小姑娘,你不用上学?不用和嬷嬷们待在一块儿?"

他的风趣逗得小罗西奥咯咯直笑。

"不要脸的家伙,嘴巴就像抹了蜜一样甜。"

费尔明一边享用大餐,一边想,靠这个姑娘,他的皮条客生涯绝对前程似锦,可他有更重要的事要办。

"你几岁了,小罗西奥?"

"十八岁半,费尔明先生。"

"看上去不止。"

"都是胸脯惹的祸。十三岁发育,人见人爱,尽管这么说有失

---

[1] 约瑟夫·特鲁埃塔(1897—1977),西班牙著名医生、科学家。

体统。"

费尔明自从销魂哈瓦那后再也没见过如此酥胸。他想说正经的。

"小罗西奥，"他开口，"我不会让你……"

"我知道，先生，别以为我是傻瓜。我知道，您不靠女人养活。也许我年轻，但我会看人……"

"你得告诉我，饭钱怎么给你？目前，我经济状况不佳……"

小罗西奥摇了摇头。

"我在客栈有个房间，跟拉丽住。她去商船拉客，白天不回来……先生不上去做个按摩？"

"小罗西奥……"

"我请您……"

费尔明忧伤地看着她。

"费尔明先生，您的双眼充满忧伤，就让小罗西奥逗您开开心，就一会儿，有什么不好？"

费尔明不好意思地低下头。

"您多久没好好享受过女人了？"

"不记得了。"

小罗西奥伸出手，拉他上楼。房间很小，一张床、一个水池，还有一个面向广场的小阳台。姑娘拉上窗帘，快速脱下花衣服，底下就是如花似玉的胴体。费尔明欣赏着造物主的杰作。小罗西奥的心几乎和他一样沧桑，她将他拥在怀里。

"您要是不想，咱们什么也不做，好吧？"

小罗西奥扶他上床，躺在他身边，抱着他，摸他的头。

"嘘……嘘……"她小声说。

费尔明把脸埋在十八岁少女的胸前，眼泪夺眶而出。

暮霭四合，小罗西奥必须起身干活。费尔明找出阿尔曼多一年前给他的那张纸，上面有布里安斯律师的地址，他要去找他。小罗西奥执意借他点钱，好让他坐个电车、喝个咖啡什么的。她让他再三赌咒发誓，一定回去看她，哪怕看场电影、听场弥撒。她崇拜卡门圣母，热爱各种仪式，特别爱听唱诗班唱歌。她送他下楼，和他吻别，顺便掐了他屁股。

"天底下最棒的男人！"她说完，目送着他往广场拱门走去。

穿过加泰罗尼亚广场，厚厚的乌云开始在天上翻滚，平日在广场上空飞翔的鸽子纷纷躲到树上不安地等待。人们嗅到空气中雷电的味道，加快脚步往地铁口走。狂风四起，席卷地上的枯叶。费尔明紧赶慢赶，赶到卡斯佩街时，大雨倾盆而下。

八

布里安斯是位年轻律师，有放荡不羁的学生气质，似乎靠咸饼干和咖啡维持生命。办公室里除了这些味儿，还有故纸堆的味道。办公室高高在上，位于提沃利大剧院破烂不堪的阁楼那黑咕隆咚的走道尽头。费尔明八点半找到那儿，布里安斯穿着衬衫出来开门，见了他，叹了口气，点点头。

"费尔明吧！马丁跟我说起过您，我还纳闷，您什么时候才会来这儿？"

"我得先出去避避风头。"

"那是，请进。"

费尔明跟他进屋。

"可怕的夜晚，是吧？"律师不安地问。

"没什么,下雨而已。"

费尔明看看四周,只看见一把椅子。布里安斯让给他坐,自己坐在一大堆商法卷宗上。

"家具还没送来。"

费尔明估计,哪怕再多只卷笔刀都没处放。不过,他什么也没说。桌上有盘猪脊肉三明治和一杯啤酒,纸巾露了馅,律师丰盛的晚餐来自于楼下咖啡馆。

"我正打算吃饭,很乐意分您一半。"

"您吃,您吃,年轻人要长身体,我吃过了。"

"您不来点什么?咖啡?"

"如果您有苏格斯硬糖……"

布里安斯翻了翻抽屉,那里恐怕什么都有,就是没有苏格斯硬糖。

"'胡亚洛拉'牌含片?"

"也行,谢谢。"

"那我吃了。"

布里安斯咬了口三明治,愉快地嚼着。费尔明不禁自问他俩究竟谁更像饿死鬼投胎。办公桌旁,有扇门半开半掩,后面有间房,能看见没收拾的折叠床、挂着几件皱巴巴衬衫的衣帽架和一堆书。

"您住这儿?"费尔明问。

显然,伊莎贝拉能帮马丁聘请的律师穷困潦倒。布里安斯顺着费尔明的目光看过去,笑了笑。

"没错,这里暂时是我家兼办公室。"他欠起身,关上卧室门。

"您恐怕在想,我就没什么律师样。不止您这么说,我父亲也这么说。"

"您根本不用理他。我父亲总说:我们兄弟几个一无是处,长大只配去凿石头。您瞧,我现在不是活得好好的。在家人信任和支持下取得的成功,那不叫成功。"

布里安斯很不情愿地点点头。

"如此说来……其实,不久前我才自立门户。过去我就职于拐角处格拉西亚大街知名律师事务所,后来跟他们意见不合,从此才变得度日艰难。"

"不用说,肯定是巴尔斯捣的鬼。"

布里安斯点点头,三口喝完啤酒。

"自从我接了马丁先生的案子,他就不停地活动,让律师事务所炒我鱿鱼,让几乎所有客户离我而去,仅剩的几个根本没钱付律师费。"

"伊莎贝拉夫人呢?"

律师眼神一暗,把杯子放在桌上,疑惑地看着费尔明。

"您不知道?"

"知道什么?"

"伊莎贝拉·森贝雷死了。"

九

暴风雨在城市上空肆虐。费尔明手捧咖啡,布里安斯站在敞开的窗前,看着雨点敲打恩桑切区的屋顶,说起伊莎贝拉生命中的最后几天。

"她无缘无故得了急病。您要是认识她就好了……她年轻,活力四射,铁打的身板,内战时没吃没喝,都熬过来了。坏事说来就来。您越狱那晚,她很晚回家,丈夫见她蹲在卫生间,发抖出汗,一个劲地说难受。他们叫了医生,医生还没到,她就开始抽搐、吐血。医生说是中毒,必须严格控制几天饮食。但第二天一早,病情就恶化了。森贝雷先生给她裹了好几层毯子,邻居开出租车,送他们去海上医院。她皮肤上出现深色的溃疡状斑点,头发大把大把地掉。在医院等了两小时,医生最后拒绝诊断。候诊大厅有个病人认识森贝雷,说他参加过共产党什么的,我觉得那人这么说是为了插队。护士给了点糖浆,说可以清清肠胃。可是,伊莎贝拉已经什么也咽不下去。森贝雷束手无策,只好带她回家,请了一个又一个医生,谁也诊断不了。书店里有个常客是实习医生,在科里尼克医院有熟人,森贝雷带她去看。"

"科里尼克医院诊断,可能是霍乱,让他们回家。霍乱流行,医院人满为患,街区里死了好几个。伊莎贝拉身体每况愈下,神志不清,尽说胡话。她丈夫绞尽脑汁,竭尽全力,但才过了没几天,就已虚弱得没办法去医院。一周后,她病逝在圣安娜街书店楼上的家里……"

他们沉默了许久,只听见雨声。风渐渐小了,雷声渐渐远去。

"一个月后,我才听说,当晚,她在黎塞欧歌剧院对面的歌剧院咖啡馆出现过,和毛利西奥·巴尔斯在一起。伊莎贝拉不听劝告,去威胁他,要将他利用马丁改写狗屁文章、声名鹊起、斩获奖项的阴谋公之于众。我去问过,据服务生回忆,巴尔斯坐车先到,要了两杯母菊花茶加蜜。"

费尔明琢磨年轻律师的话。

"您认为是巴尔斯下的毒?"

"我没证据,但越想越觉得,一定是巴尔斯。"

费尔明的眼睛在地上扫来扫去。

"马丁先生知道吗?"

布里安斯摇了摇头。

"他不知道。您越狱后,巴尔斯把他关进塔楼禁闭室。"

"萨纳乌哈医生呢?没把他俩关在一起?"

布里安斯无奈地叹了口气。

"萨纳乌哈被控叛国罪,押上军事法庭,两周后被枪毙。"

又沉默了许久。费尔明站起来,激动地转圈。

"为什么没人找我?说到底,我才是罪魁祸首……"

"您已经不存在了。巴尔斯为了不在上司面前丢脸,为了不断送大好前程,让搜寻队一口咬定,您在蒙锥克山坡逃跑时中弹,尸首被扔进公共墓穴。"

费尔明气得牙痒痒的。

"我这就去军政府门口,告诉他们'有种的在这儿!'。我又活了,看巴尔斯怎么解释!"

"别傻了,这么做于事无补,只会被拖到拉斯阿瓜斯公路,后脖颈子上挨一枪了事。为那个混蛋,不值得!"

费尔明点了点头,可羞耻感和负疚感在吞噬着他的心。

"马丁呢?他会怎么样?"

布里安斯耸了耸肩。

"我得到的消息要绝对保密,不能张扬。城堡里有个叫贝波的狱卒,欠我点人情。他兄弟差点被枪毙,官司我帮他打的,争取到在瓦伦西亚坐十年牢。贝波是个好人,他把在城堡里看见什么、听见什么,全都告诉了我。巴尔斯不让我见马丁,通过贝波,我知道他还活着,巴尔斯把他关在塔楼,二十四小时监视,给他纸笔,贝波说他在写作。"

"写什么?"

"鬼才知道!贝波说,巴尔斯以为马丁在根据原稿,写他交待的那本书。但你我都清楚,马丁的脑子不太正常,好像在写其他东西,有时高声朗诵,有时站起来,在牢房里走来走去,背诵大段大段的对话,整句整句地背。贝波在他牢房边值夜班,尽可能给他带香烟和方糖,他只吃这个。马丁跟您说没说过一本叫《天使游戏》的书?"

费尔明摇了摇头。

"是他正在写的书?"

"贝波说是。根据马丁说的、他听马丁高声朗诵的,好像是自传或忏悔录什么的……想知道我的看法吗?马丁发现自己神志不清,趁还来得及,把记得的事全都写在纸上,等于给自己写信,弄明白自己究竟是谁……"

"要是巴尔斯发现马丁没听他的,会怎么样?"

布里安斯律师向他投去一个绝望的眼神。

十

雨停时,已是午夜。

从布里安斯律师的阁楼上望去,巴塞罗那乌云压顶,看起来凶神恶煞。

"费尔明,您有地方去吗?"布里安斯问。

"有个选择诱惑至极,给一位头脑简单、心地善良、身材火辣的姑娘当保镖,顺便吃吃软饭。不过,就算站在赫雷斯的维纳斯脚下,我也不想靠女人养活。"

"费尔明,我也不想让您流落街头,太危险。您可以住在我这儿,想住多久住多久。"

费尔明看了看四周。

"我知道,这里不是哥伦布大店。不过,门后有张折叠床,我不打呼噜,很高兴有个伴儿。"

"您没有女朋友?"

"我女朋友是律师事务所创始人的女儿,而巴尔斯和律师事务所串通,炒了我鱿鱼。"

"马丁的事让您无故受过,赔了夫人又折兵。"

布里安斯笑了。

"给我一个输定了的官司,我也会幸福。"

"这话我可当真了,不过,您得答应让我帮忙。我可以打扫、整理、打字、做饭、做顾问、做保安。您要是境遇不佳,情绪低落,需要舒缓压力,我还可以请朋友小罗西奥提供专业服务,保管让您脱胎换骨、容光焕发。年轻时,需谨防精子堆积过剩,以免心浮气躁、血气上涌,否则后果不堪设想。"

布里安斯向他伸出手。

"成交。您正式被布里安斯律师事务所以及专为无偿付能力人群服务的布里安斯律师聘用为见习助理。"

"既然我叫费尔明,我保证:本周内,一定帮您找到一位有能力支付现金并提前支付的客户。"

就这样,费尔明·罗梅罗·德·托雷斯暂时栖身于布里安斯律师的小办公室。他开始打扫、清理并熟悉所有卷宗、文件以及正在处理的案件。短短两天内,他妙手生辉,将办公室打扫得一尘不染,看上去足足大了两倍。虽说大部分时间在办公室里忙碌,他每天总会花两小时出门办事,不是从提沃利大剧院门厅摘几把花回来,就是跟楼下酒吧的女服务生套近乎,骗了点咖啡,还有吉莱斯食品商店的精美食品,全都记在炒了布里安斯鱿鱼的那家律师事务所账上,他自称是事务所新雇佣的伙计。

"费尔明,火腿棒极了,上哪儿弄来的?"

"尝尝拉曼恰奶酪,保证让您眼前一亮。"

每天早上,他翻阅布里安斯所有的案子,整理记录;下午,他拿起电话,顺着电话号码簿,寻找有偿付能力的客户。一旦有可能,他便立马乘胜追击,登门拜访。给街区里的公司、职业人士、普通人士每打五十个电话,就有十户可以登门拜访,从中能为布里安斯找到三个新客户。

第一个是寡妇,丈夫去世,保险公司拒绝理赔,称他在七门饭店猛吃对虾造成心脏停搏纯属自杀行为,不在保险之列。第二个是动物标本制作者,退役斗牛士在谢幕场上杀了一头五百公斤重的缪拉产公牛,标本制作完毕,斗牛士拒收拒付,称制作者给标本安了双玻璃眼,像魔鬼附身,吓得他大叫"呸呸呸!"落荒而逃。第三个是圣佩德罗环城路上的裁缝,无证牙医拔了他五颗白齿,无一颗蛀牙。都是小案子,但三个客户都交了定金,签了合同。

"费尔明,我要给您开份固定工资。"

"哪儿的话!"

费尔明工作出色,却拒绝接受任何报酬,除了偶尔借两个钱,星期天下午陪小罗西奥看电影,去拉帕洛玛跳舞,或去逛蒂比达博公园游乐场。在游乐场的镜子厅,小罗西奥在他脖子上狠狠亲了一下,红了一个星期才褪。一天,趁鸟瞰微型巴塞罗那的旋转飞机上只有他俩,费尔明终于告别了漫长的恢复期,完全康复,不再草草行事,作为男人,尽情享受了一把。

一天,费尔明在游乐场摩天轮顶抚摸小罗西奥绝美的身体,对自己说,真没想到,他居然在过好日子。他怕了,知道好日子过不长久,偷来的一点幸福和安宁会在小罗西奥青春无敌的身体和清澈无比的眼神逝去前烟消云散。

十一

那天晚上,他在办公室等布里安斯从各大法院、办公室、检察院、监狱和其他许多要去硬着头皮打探消息的地方回来,听见年轻律师的脚步声在走道上响起,越走越近时,此时差不多已经十一点。他去开门,布里安斯拖着无比沉重的脚步、带着无比沉重的表情走了进来,一屁股坐在角落,双手抱头。

"布里安斯,怎么了?"

"我去了城堡监狱。"

"有好消息?"

"巴尔斯不肯见我,让我等了四个小时,再撵我走,收回探视许可,不准再踏进那儿半步。"

"见到马丁了?"

布里安斯摇摇头。

"他不在那儿了。"

费尔明看着他,大惑不解。布里安斯沉默了好一会儿,在想怎么说。

"我正要走,贝波追来,把知道的全都告诉了我。两周前的事。马丁走火入魔,不分昼夜、废寝忘食地写,巴尔斯觉得不对劲,让贝波把他写好的稿子拿来看。动用了三名哨兵才把他按住,抢来稿子。不到两个月,马丁写了五百多页。"

贝波把稿子交给巴尔斯,巴尔斯一看,火冒三丈。

"不是他想要的东西……"

布里安斯摇了摇头。

"巴尔斯读了一个通宵,第二天一早,他带了四个哨兵上塔楼,派人铐上马丁手脚才进牢房。贝波贴着门缝,听到几句。巴尔斯气急败坏,说大失所望,明明提供了旷世杰作的素材,他偏偏忘恩负义,不听劝告,写出一堆没头没脑的垃圾。'马丁啊马丁!这不是我要您写的那本书。'巴尔斯一遍遍地说。"

"马丁怎么说?"

"他一言不发,置若罔闻,仿佛置身事外,令巴尔斯恼羞成怒。贝波听到他扇马丁耳光,对他拳打脚踢,马丁一声不吭。巴尔斯打得筋疲力尽,骂得筋疲力尽,马丁还是不屑于跟他说话。贝波说,巴尔斯从口袋里掏出一封信,那是森贝雷先生几个月前寄给马丁而被没收的一封信,信中有伊莎贝拉给马丁的亲笔遗言……"

"狗娘养的……"

"巴尔斯把马丁扔在那儿,把那封信也丢给他。他知道,伊莎贝拉的死讯最有杀伤力……贝波说,巴尔斯一走,马丁就去看信,看完后大叫,叫了整整一个晚上,用手和脑袋撞墙,撞铁门……"

布里安斯抬起头,费尔明跪在他面前,一只手放在他肩上。

"您好吗,布里安斯?"

"我是他的律师,"他声音颤抖,"有义务保护他,救他出来……"

"您尽力了,布里安斯,马丁知道。"

布里安斯暗暗摇头。

"事儿还没完。"他说,"贝波说,巴尔斯下令,不准再给他纸笔。马丁就把巴尔斯摔到他脸上的稿子反过来写;笔用完了,他就割手、割胳膊,蘸血写……"

"贝波想跟他谈谈,安慰他……给他喜欢的香烟和方糖,他不要……他居然已经不认识贝波。贝波说,接到伊莎贝拉的死讯后,马丁完全丧失了理智,生活在思想的地狱里……夜里大喊大叫,谁都能听到。犯人、监狱工作人员和探监的亲友开始说闲话,巴尔斯越来越紧张,一天晚上,终于派两名枪手把他带走……"

费尔明咽了口吐沫。

"带到哪儿?"

"贝波也不清楚,据说是桂尔公园旁一栋废弃的别墅……内战时,那儿枪毙过好几个人,尸首就埋在花园……枪手回来复命,说全办妥了。但贝波说,当晚,他听两个枪手交谈,似乎没全办妥。别墅里发生了什么事,好像里面有人。"

"谁?"

布里安斯耸了耸肩。

"这么说,大卫·马丁他还活着?"

"我不知道,费尔明,没人知道。"

十二

巴塞罗那　一九五七年

费尔明说话时气若游丝,眼神沮丧。回忆往事让他气息奄奄,差点瘫倒在椅子上。我给他斟上最后一杯酒,见他以手拭泪。我给他递上餐巾,他不要。坎路易斯的其他食客早已回家,估计已是后半夜,但餐厅里无人言语,没人来打扰我们。费尔明身心疲惫地望着我,似乎掏空保守多年的秘密相当于掏空继续求生的意志。

"费尔明……"

"我知道您要问什么,告诉您:不是。"

"费尔明,大卫·马丁是我父亲吗?"

费尔明目光严厉。

"达涅尔,您父亲是森贝雷先生。这一点,您永远不要怀疑,永远不要。"

我点点头。费尔明坐在椅子上,眼神迷离,似乎已魂游天外。

"那您呢?费尔明,您后来呢?"

费尔明好半天才回答,似乎那段历史一点也不重要。

"重新回到街头。我不能跟布里安斯在一起,不能跟小罗西奥在一起，不能跟任何人在一起……"

费尔明打住，我接下他的话茬。

"您重新回到街头，做无名无姓、无亲无故、一无所有的乞丐。大家都当您是疯子，要不是那个承诺，您宁愿去死……"

"我答应过马丁，要照顾伊莎贝拉和她儿子……就是您。我是个懦夫，达涅尔，东躲西藏了那么久，不敢回来。好容易回来，您母亲已经不在了……"

"所以，那天晚上，我会在皇家广场遇到您？居然不是碰巧？您跟了我多久？"

"好多个月，好多年……"

我想象：儿时的我去上学，他跟着；去城堡公园玩，他跟着；父亲和我站在橱窗前，欣赏那支维克多·雨果曾经用过的钢笔——对此我曾确信无疑——他跟着；我坐在皇家广场，为克拉拉读书，用眼神爱抚她，以为没人看见，他也跟着。一个乞丐，一个影子，无人留意，人人回避。费尔明，我的保护人，我的朋友。

"多年以后，您为什么不告诉我真相？"

"开始想说，后来我发现，说了弊大于利。往事已无可挽回，我决定隐瞒真相，是希望您更像父亲，而不像我。"

我们再次沉默许久。我和他偷偷对视，相对无言。

"巴尔斯在哪儿？"我终于开口。

"别打这主意！"费尔明打断我。

"他现在在哪儿？"我又问，"您不说，我自己去查。"

"然后呢？登堂入室，手刃凶徒？"

"为什么不？"

费尔明苦涩地笑了笑。

"因为您有妻儿、有生活、有爱您的人、有您爱的人。因为您无所不有，达涅尔。"

"就是没有母亲。"

"报完仇,也换不回您母亲,达涅尔。"

"您站着说话不腰疼,没人杀了您母亲……"

费尔明欲言又止。

"达涅尔,为什么您父亲从不提内战?难道他想象不出发生过什么?"

"如果真是这样,他为什么不开口?为什么不行动?"

"为了您,达涅尔,为了您。您父亲,和碰巧生活在那些年的人一样,打落牙齿往肚里咽,一声不吭,因为他别无选择。所有政党、所有派别的人都是如此。您每天和他们擦肩而过,却视而不见。这些年,他们把伤痛压在心里,为了让您和许多像您这样的人能活下去。别去评判您父亲,您没这个权利。"

我仿佛嘴巴上挨了一拳,是最好的朋友打的。

"费尔明,别发火……"

费尔明摇了摇头。

"我没发火。"

"我只想把事情弄明白,再让我问一个问题,就一个。"

"关于巴尔斯?别了。"

"就一个,费尔明,我保证。要是您不想回答,可以不回答。"

费尔明很不情愿地答应了。

"这个毛利西奥·巴尔斯是不是我想的那个巴尔斯?"我问。

费尔明点了点头。

"就是他。四五年前,他还是文化部长,隔三岔五的上报纸。了不起的大人物:作家、出版家、思想家、全国知识分子的大救星,就是这个毛利西奥·巴尔斯。"费尔明说。

我这才反应过来:我在报上见过几十次他的照片,听过名字,还在书店某些书的书脊上见过。直到那天晚上,毛利西奥·巴尔斯只是我印象模糊、没太在意、永远存在的众多公众人物之一。直到那天晚上,要是有人问我,谁是毛利西奥·巴尔斯,我会说这名字有点耳熟,苦日子里的大人物,没太在意。直到那天晚上,我从未想过:有一天,那个名字、那张脸,会永远属于杀害母亲的凶手。

"可是……"我抗议。

"没有可是。您说过,只问一个问题,我回答完了。"

"费尔明,您不能这样扔下我不管……"

"听好,达涅尔。"

费尔明看着我眼睛,抓着我手腕。

"我发誓:一旦时机成熟,我会亲自帮您找到那个狗娘养的,哪怕这是我此生做的最后一件事。到时候,咱们再跟他算账。不是现在,不能乱来。"

我犹豫地看着他。

"您得向我保证:不做傻事,达涅尔,您会等到时机成熟的那一天。"

我低下头。

"您不能这么要求我,费尔明。"

"我能,我有这个责任。"

终于,我点了点头,费尔明松开了我的手。

十三

我将近凌晨两点到家。正想穿过门廊,见书店里还亮着灯,工作间的帘子后面有盏微弱的光。我从门厅正门进入,见父亲坐在办公桌旁,抽我平生见他抽过的第一支烟,面前桌上有只打开的信封和几张信纸。我搬过一张椅子,坐在他对面。父亲看着我,不说话，不动声色。

"好消息？"我指着信问。

父亲把信给我。

"劳拉姨妈的信，那不勒斯那个。"

"我有姨妈在那不勒斯？"

"你母亲的妹妹，在你出生那年举家迁往意大利。"

我漫不经心地点点头。我不记得她，她的名字依稀出现在多年前赶来参加母亲葬礼、再也未曾谋面的陌生人中间。

"她说有个女儿要来巴塞罗那念书，问能不能在这儿住段日子，一个叫索菲亚的女孩子。"

"这人我第一次听说。"我说。

"我也是。"

父亲和陌生少女同住一个屋檐下，难以置信。

"你会跟她聊什么？"

父亲无所谓地耸了耸肩。

"不知道，总会有的聊。"

沉默了将近一分钟。你看看我，我看看你，谁也不想提那件真正的烦心事，谁也没在想远方表妹的来访。

"我想，你刚才跟费尔明在一起。"父亲终于开口。

我点点头。

"我们去坎路易斯吃饭，费尔明差点把餐巾都吃了。进餐厅时，遇到阿尔布盖尔盖教授，他在那儿吃晚饭，我请他哪天有空来书店转转。"

我尽说些鸡毛蒜皮的事，声音既空洞又心虚。父亲紧张地看着我。

"他怎么回事，跟你说了吗？"

"可能紧张吧，为婚礼和其他不相干的事。"

"就这些？"

说谎高手明白：最高明的谎话是抽掉关键信息的真话。

"嗯，还说了些过去的事，坐牢什么的。"

"这么说，应该提到布里安斯律师。他说什么了？"

父亲知道或猜到什么，我没底，只能步步小心，处处留意。

"他说被关进蒙锥克监狱，在大卫·马丁的帮助下越狱。那人你好像认识。"

父亲沉默良久。

"谁也不敢当我的面提他的名字。但我知道，过去有人、现在依然有人认为你母亲爱的是马丁。"他的笑容是那么的忧伤。我知道，那些人中包括他自己。

父亲和某些人一样，想不哭，反而笑得夸张。

"你母亲是个好女人、好妻子。我不希望费尔明说了什么，你就把她往歪里想。他不了解她，我了解。"

"费尔明没别的意思，"我撒谎，"只说马丁和妈妈是朋友，她找布里安斯律师帮他出狱。"

"我想，他还提到一个人：巴尔斯……"

我迟疑片刻，方才点头。父亲看到我眼中的痛，摇了摇头。

"达涅尔，你母亲死于霍乱。不知为何，布里安斯非说是被这个妄自尊大的官僚害死的，无凭无据。"

我一言不发。

"你必须忘掉这个想法，你要向我保证，不会再这样想。"

我还是一言不发，心里琢磨，父亲到底是真傻，还是因为痛失亲人，宁愿和幸存者一起苟活于世。我想起费尔明的话，对自己说：我无权，任何人都无权评判我父亲。

"你要向我保证，不做傻事，不去找那个人。"父亲坚持道。

我不肯定地点点头，父亲抓着我胳膊。

"你向我发誓,以死去母亲的名义发誓。"

我脸痛,发现自己咬牙切齿,力气太大,差点咬碎牙齿。我转移视线,父亲还是不松手。我看着他眼睛,最后决定跟他撒谎。

"我以死去母亲的名义向你发誓:只要你活着,我绝不轻举妄动。"

"这不符合我的要求。"

"我只能答应你这么多。"

父亲低下头,用手抱着,深呼吸。

"你母亲去世那晚,在楼上家里……"

"我记得很清楚。"

"你当年五岁。"

"四岁零六个月。"

"那晚,伊莎贝拉求我永远不告诉你发生的事,她认为最好别说。"

这是我第一次听父亲提到母亲的名字。

"我知道,爸爸。"

他看着我眼睛。

"对不起。"他低声说。

我也看着他眼睛。有时,看着我,回忆往事,他也会衰老一些。我站起来,默默地抱着他,他也紧紧地抱着我,放声大哭。那些年,埋在心底的愤怒和伤痛有如血泪喷涌而出。我知道,尽管无法解释,父亲开始一步步、无法挽回地迈向死亡。

第四部 猜　忌

一

巴塞罗那 一九五七年

晨曦微露,我站在小胡利安的卧室门口。孩子的嘴边挂着一丝微笑,无忧无虑、无牵无挂地酣睡。走道上,贝亚的脚步声越来越近,手搭在我背上。

"站了多久?"她问。

"一会儿。"

"干什么?"

"看他睡觉。"

贝亚走到胡利安的摇篮边,俯下身,亲亲他额头。

"昨晚几点回来的?"

我没回答。

"费尔明好吗?"

"还凑合。"

"你呢?"我勉强笑笑。"你不打算告诉我?"她坚持问。

"改天吧!"

"我还以为我们之间没有秘密。"贝亚说。

"我也是。"

贝亚奇怪地看着我。

"你想说什么,达涅尔?"

"没什么,我没想说什么。我很累,上床去?"

贝亚牵着我的手,带我回卧室。我们躺在床上,我抱着她。

"今晚,我梦见了你母亲,"贝亚说,"梦见了伊莎贝拉。"

雨点开始敲窗。

"我很小,她牵着我的手。我们在一栋很大很老的房子里,房间很大,有架三角钢琴,游廊通向花园。花园里有个池塘,池塘边有个和胡利安一模一样的孩子。我知道是你,别问我为什么。伊莎贝拉跪在我身边,问我看没看到你,你在水边玩纸船。我说看到了。于是,她让我照顾你,永远照顾你,因为她要去很远很远的地方。"

我俩默默无言,只听雨声,听了很久很久。

"昨晚,费尔明跟你说了什么?"

"真相,"我回答,"他告诉了我真相。"

我尽可能把费尔明的故事组织完整,她默默地听。开始,我又感觉怒火中烧,说着说着,就变成无尽的悲伤与绝望。对我而言,这是崭新的一页,不知该如何面对费尔明吐露的秘密及其后果。对于近二十年前发生的事,我注定是观众,但我的命运却交织其中。

说完,发现贝亚忧心忡忡地看着我,她的心思一点也不难猜。

"我答应过父亲,只要他活着,我不会去找那个巴尔斯,我不会做任何事。"我想让她放心。

"只要他活着?然后呢?你有没有想过我们?想过胡利安?"

"当然想过,你不用担心。"我撒谎,"我跟父亲谈过,这些都是陈年旧事,无法更改。"

贝亚不相信这是我心里话。

"是真的。"我又撒谎。

她盯着我眼睛,看了半天。都是她想听的话,她愿意相信。

二

当天下午,当雨点继续落在空无一人、遍地水洼的街上时,塞巴斯蒂安·萨尔加多饱经风霜、来者不善的身影又出现在书店门前。他隔着橱窗，恶狠狠地看着我们，很难认错，耶稣诞生模型的灯光照亮了他的脸。他穿着第一次到访时的旧西装，浑身湿透。我走到门口，给他开门。

"模型很漂亮。"他说。

"您不进来？"

我拉着门，他一瘸一拐地进来，没走几步，就拄着拐杖停下。费尔明在柜台后疑心重重地看着他。萨尔加多笑了。

"费尔明，好久不见！"他先开口。

"我以为您死了。"费尔明回答。

"我也以为您死了，大家都这么以为。他们说，您越狱被抓，挨了一枪。"

"哪有这样的好事？"

"想听真话吗？我一直希望您溜了。要知道：好人不长命，坏人活……"

"我太感动了，萨尔加多。您什么时候出来的？"

"快一个月。"

"别告诉我，您是因为表现良好被获释出狱。"费尔明说。

"大概您是天天盼我死，都盼得不耐烦了！知道吗？他们赦免了我！铜版纸，有佛朗哥的亲笔签名。"

"装相框，挂起来了？"

"位置相当尊贵：马桶上，免得哪天手纸用完。"

萨尔加多往柜台走几步，指指角落里那把椅子。

"我先坐下行不行？还不习惯直线行走超过十米，很容易累。"

"请便。"我请他坐。

萨尔加多跌坐在椅子上，揉揉膝盖，直喘粗气。费尔明看着他，就像看一只刚从马桶里爬出来的老鼠。

"真是奇了怪了！以为第一个挂的反倒是最后一个……费尔明，您知道这些年，是什么信念支撑着我活下来的？"

"要是不了解您，我会说，是地中海美食加大海边的空气。"

萨尔加多咯咯笑了笑，听上去像哑哑地咳嗽一声，支气管差点爆掉。

"您还是老样子，费尔明，所以我才对您印象那么好。那些年，多么难忘！不过我不是来怀旧的，更不想闷坏年轻人，他们这代对咱们的事不感兴趣。您那点事简直就是天方夜谭，或者随他们怎么叫。咱们谈点正事？"

"您说。"

"费尔明，您说才是。我要说的都说完了。您把欠我的东西还给我？要不然，就得惹出点乱子，这对您可没好处！"

有好一会儿，费尔明无动于衷，沉默得令人心悸。萨尔加多死死地盯着他，似乎要喷毒汁。费尔明看了看我，眼神令我费解，沮丧地叹了口气。

"萨尔加多，您赢了。"

他从口袋里掏出个小东西给他。一把钥匙。那把钥匙。萨尔加多像个孩子似的眼睛一亮，站起来慢慢地走过去，用仅剩的那只手接过钥匙，激动得发抖。

"您要是打算再放进直肠，麻烦您去厕所。这里是向大众开放的家族店面。"费尔明提醒道。

萨尔加多焕发出青春的光彩，笑得心花怒放。

"考虑得很周全。说到底，这些年，您替我保管钥匙，帮了我一个大忙。"他说。

"朋友之间本该如此。"费尔明说，"您走吧，永远别再回来。"

萨尔加多笑了，冲我们挤挤眼。他边沉浸在遐想中边往门口走，出门前，他回过头，扬起手告别，算是和解。

"费尔明，祝您好运，长命百岁。放心吧，不用再保守秘密了。"

我们目送他在雨中远去。旁人眼里的垂垂老者、将死之人，我敢保证，此时此刻，既感受不到脸上冰冷的雨水，也回忆不出关押多年、刻骨铭心的苦难。我看看费尔明，他站着不动，脸色苍白，同室狱友的出现让他困惑。

"我们就让他这么走了？"我问他。

"您有什么好办法？"

三

过了所谓的安全时间，我们套上深色风衣，冲到街上。费尔明抓了把遮阳伞——港口集市淘来的，打算秋冬时节跟贝尔纳达去巴塞罗内塔海滩时用的。

"费尔明，攥着这个大家伙，比裸奔还显眼。"我提醒他。

"您放心，那个不要脸的只看得见金币从天而降。"费尔明说。

萨尔加多在前方一百米处，冒着雨，沿孔达尔街一瘸一拐地快步往前走。我们追近一点，见他正要搭从拉耶塔纳大街向北行驶的有轨电车。我们一边收伞一边狂奔，居然奇迹般地跳上车尾，顺势挂在车厢后面。萨尔加多在前排找了个位子，乐于助人者主动让座，浑然不知在跟谁打交道。

"这就是年长的好处，"费尔明说，"谁也不记得他们曾经也是毛头小伙子。"

有轨电车驶过特拉法尔加街，来到凯旋门。我们稍稍探头，确定萨尔加多还在位子上。检票员蓄着浓密的胡子，皱着眉头看着我们。

"别以为挂在后头,我就会给你们打折。从你们跳上来起,我就盯着了。"

"居然无人欣赏社会现实主义,"费尔明小声说,"什么国家呀!"

我们掏钱,他给票。正想着萨尔加多是不是睡着了,突然,电车驶往北方车站,他站起来拉铃,要求下车。趁司机刹车,我们在水力发电公司墙面起伏的现代主义大楼前跳下,随电车走到车站。两名乘客搀他下车,我们看着他往车站里走。

"您和我想的一样?"我问。

费尔明点了点头。我们用巨无霸遮阳伞打掩护(没准更惹眼),尾随萨尔加多来到车站宽敞的大厅。进了大厅,他走到墙边一溜活像微缩版大型墓墙的金属柜旁。我们在暗处坐下,他在无数柜子前沉思。

"不会忘记放哪儿了吧?"我问。

"怎么可能!二十年等这一刻,他在品味。"

"您这么认为……我觉得是他忘了。"

我们坐在那儿,观察,等待。

"您没告诉我,越狱时,您把钥匙藏哪儿了……"我斗胆问。

费尔明仇恨地看着我。

"我不想谈这个,达涅尔。"

"当我没说。"

又等了几分钟。

"也许,他有同伙……"我说,"他在等同伙。"

"萨尔加多不是那种愿意坐地分赃的人。"

"也许,还有人……"

"嘘!"费尔明让我闭嘴,指指萨尔加多,他终于有了动静。

老人走到其中一个柜子前,把手放在金属门上,掏出钥匙,插进锁眼，开门，看看里面。这时，两名国民警卫队员从站台拐进大厅，走到他身边。他正想从柜子里拿什么。

"哎呀，哎呀，哎呀……"我小声嘀咕。

萨尔加多回过头，跟两名国民警卫队员打个招呼，聊了几句。其中一位从柜子里拿出箱子，放在他脚边。他千恩万谢，两人手摸三角军帽帽檐，向他致意，继续巡逻。

"西班牙万岁！"费尔明小声说。

萨尔加多抓起箱子，拖到另一张凳子边，和我们方向相反，隔得很远。

"就在这儿打开？不会吧？"我问。

"他要确认东西都在。"费尔明说，"这混蛋为了夺回财富，吃了多少年的苦！"

萨尔加多再三观察，见四顾无人后痛下决心。只见他把箱子打开几公分，往里面瞅。

他一动不动，愣了差不多一分钟。费尔明和我百思不得其解，你看看我，我看看你。突然，他关上箱子，站了起来，不由分说往出口走，将箱子和打开的柜子统统抛在身后。

"他要干嘛？"我问。

费尔明直起身，做了个手势。

"您去拿箱子，我追他……"

不等我开口，他急忙往出口跑，我也快步往萨尔加多弃箱处跑。有个机灵鬼在一旁凳子上看报，也看中了箱子，左右一扫，以为没人察觉，站起来，秃鹫般往猎物冲去。我奋力狂奔，陌生人正要拿起箱子，被我奇迹般捷足先登。

"这箱子不是您的。"我说。

那人不怀好意地看了看我，抓紧把手。

"要不，我叫国民警卫队来？"我问。

那人惊慌失措地丢下箱子往站台走,一会儿就没了踪影。我把箱子带回凳子,确认没人盯着,把它打开。

空的。

就在那时,我听见一片喧哗。抬头一看,车站出口已乱成一团。我站起来,透过玻璃,看见两名国民警卫队员走进雨中围观的人群。人群让出一条道来,费尔明跪在地上,怀里抱着萨尔加多。老人双眼圆睁,望着雨幕。正在进站的女人用手捂住了嘴。

"出什么事了?"我问。

"可怜的老人,狠狠地摔了一跤⋯⋯"她说。

我走出车站,慢慢地靠近围观人群。费尔明抬起头,跟国民警卫队员说了几句,其中一个点点头。他脱下风衣,盖在萨尔加多的尸体上,把脸也遮住了。等我赶到时,只见风衣下露出三个指头的手,手掌里有把钥匙,在雨中闪闪发光。我把遮阳伞举到费尔明头上,把手放到他肩上,和他慢慢走远。

"您好吗,费尔明?"

我的好朋友耸了耸肩。

"回家吧!"我说。

四

我们离开车站。我把风衣脱下,搭在费尔明肩上,他那件衣服已在萨尔加多的尸体上了。他好像走不远,我决定打车,开门,让他进去坐好,关门,自己从另一边上车。

"箱子是空的,"我说,"有人耍了萨尔加多。"

"是偷贼的贼⋯⋯"

"您认为是谁?"

"没准就是那个告诉他钥匙在我手上、到哪儿找我的人。"费尔明小声说。

"巴尔斯。"

费尔明沮丧地叹了口气。

"我不知道,达涅尔,脑子里乱极了。"

司机在后视镜里看我,等我开口。

"皇家广场入口,费尔南多街。"我说。

"不回书店了?"费尔明浑身乏力,懒得跟我争执。

"我回,您回堂古斯塔佛家,剩下的时间陪贝尔纳达。"

一路无言,雨中的巴塞罗那模糊不清。车行到费尔南多街的回廊——多年以前,我就在这里认识了费尔明——,我付钱下车,陪他走到堂古斯塔佛家门口,给了他一个拥抱。

"费尔明,多保重,吃点东西。否则,洞房花烛夜时,小心贝尔纳达硌着骨头。"

"放心,我只要吃,保准比女高音歌手胖得还快。我这就上去,把堂古斯塔佛在吉莱斯商店买来的奶油糖酥饼吃个够。您等着,明天,我会比猪还胖。"

"拭目以待,代我向新娘问好。"

"我会的。尽管从法律和行政角度讲,我是个罪人。"

"没这回事。还记得您跟我说过的话吗?命运不会挨家挨户地敲门,必须自己去寻找才行。"

"我得承认,那句话是我从卡拉斯书里抄来的。听起来很美。"

"这句话,我过去信,现在依然信。所以,我向您保证:您的命运是与贝尔纳达准时准点、合法成婚,有神父、有稻米[1]、有名有姓。"

---

[1] 婚礼时往新人身上撒米,有驱邪避灾、祝福五谷丰登、早生贵子、白头偕老之意。

费尔明看着我，不敢相信。

"如果您不能风风光光地结婚，我就不叫达涅尔。"我向他保证。瞧他垂头丧气的样子，我怀疑一包苏格斯硬糖也好，去费米纳戏院看金·诺瓦克在大片中穿 V 字形文胸、对抗万有引力也好，都无法让他精神振奋。

"既然您这么说，达涅尔……"

"您帮我找回真相，"我说，"我帮您找回名字。"

五

那天下午，在回书店的路上，我启动了费尔明身份拯救计划。第一步：在店后工作间打几通电话，制订时间表；第二步：寻找高效智慧的各方面专家。

第二天中午阳光灿烂，天气温暖和煦，我往卡门图书馆走去，和阿尔布盖尔盖教授约好在那儿见面。我相信：如果一件事连他都不知道，那就没人知道了。

我在阅览室大厅找到了他。他全神贯注地握着笔，周围是一大堆纸和书。我不声不响地坐在对面，过了快一分钟，他才意识到我的存在，惊讶地抬头看我。

"您正在创作的文字一定引人入胜。"我斗胆问。

"我在写系列文章，研究巴塞罗那的灾星作家。"他向我解释，"记得胡利安·卡拉斯吗？几个月前您在书店给我推荐的那个？"

"当然记得。"我回答。

"我正在研究他，其经历匪夷所思。您知道有个魔鬼般的人物，历经多年，走遍世界，专门找他的书来烧吗？"

"还有这样的事！"我佯装惊讶。

"真的匪夷所思，写完拿给您看。"

"您应该写本专著，"我建议，"从禁毁作家、灾星作家的角度，写本巴塞罗那秘史。"

教授饶有兴趣地反复斟酌。

"说真的，我动过这念头。可我既要给报纸撰稿，又要在大学上课……"

"您不写，就没人写……"

"没准儿，我会自找麻烦，写写试试。真不知道从哪儿挤时间出来……"

"森贝雷父子书店为您提供所需的图书资料和咨询服务。"

"我一定考虑。怎么说？去吃饭？"

那天，阿尔布盖尔盖教授给自己放大假，跟我去莱奥珀尔多餐厅吃饭。我俩喝葡萄酒，吃极品火腿，坐等当天的特色菜——牛尾上桌。

"我们的好友费尔明近来如何？两周前在坎路易斯，我见他萎靡不振。"

"我正想跟您说他！事情有些棘手，求您务必保守秘密。"

"没问题，需要我做什么？"

我尽可能简明扼要，难以启齿的不提，细枝末节不提。教授明知我藏的多，说的少，依然谨慎如常，绝不点破。

"瞧我听明白没有。"他说，"费尔明不能用他的身份，因为根据官方记录，他早在二十年前已经死亡。因此，从国家角度讲，他不存在。"

"没错。"

"如您所言,这个无效身份也是假的,是内战时,费尔明为了保命,自己编的。"

"没错。"

"那我就糊涂了。达涅尔,帮帮我。如果费尔明从袖子里变出过假身份,为什么不再变一个,拿来结婚?"

"原因有二,教授。其一:从实际层面讲,用这个也好,再编一个也罢,他都没有任何有效身份。因此,无论用哪个,都得从头编。"

"我估计,他还想叫费尔明。"

"没错。其二,从非实际层面,怎么说呢?从精神层面,更重要的一个层面讲,费尔明之所以还想叫费尔明,是因为贝尔纳达爱的是费尔明、我们的朋友是费尔明、我们认识的是费尔明、他想叫费尔明。多年以前曾经的他对他而言已经不复存在,成为岁月褪下的一张皮。我大概是他最好的朋友,也不清楚他受洗礼时究竟叫什么名字。对我、对所有爱他的人、尤其对他自己而言,他就是费尔明·罗梅罗·德·托雷斯。说到底,既然要编个身份,为何不就用这个?"

阿尔布盖尔盖教授终于点了点头。

"没错。"他说。

"老师,您说这可行吗?"

"嗯,这项吉诃德式的任务不同寻常。"教授说,"怎样才能让拉曼恰骨瘦如柴的堂费尔明骑士拥有高贵的出身和全套伪造文件,跟托波索美丽的贝尔纳达在上帝和民政局面前结为夫妇?"

"我考虑过,也查过法律文书。"我说,"在这个国家,一个人的身份从出生证开始。仔细一看,是份再简单不过的文件。"

教授扬了扬眉毛。

"您言下之意,如果不是公然犯罪,至少触及了敏感话题。"

"至少根据司法年鉴,无先例可循,我查过。"

"接着说,我很感兴趣。"

"假设一下,如果有人能进民政局办公室,在档案里'插进'一份出生证……不是为创建身份打下了良好的根基?"

老师摇了摇头。

"新生儿固然可以。但是,假设一下,如果是成人,需要一整套历史档案。假设一下——即使您能拿到出生证——其他文件上哪儿去弄?"

"如果能弄到一整套足以乱真的赝品,您看可不可行?"

老师仔细想了想。

"最大的风险是被人发现,被检举揭发。就事论事,如果排除对文件提出质疑这个威胁,那么,接下来的问题是:第一,潜入档案馆,插入文件夹,内有伪造、经核实的身份文件;第二,继续伪造一整套证明身份所需的历史档案。我指的是不同颜色、不同类型的文件,从教堂洗礼到各种证件、各项证书……"

"关于第一点,我知道您受省议会委托,正在撰写一系列有关西班牙法律制度如何卓越的纪念文章。我稍做调查,发现民政局若干个档案馆在内战中毁于轰炸,也就是说,之后,成百上千、成千上万的身份被草草恢复。我不是专家,不过,我斗胆认为:这是个空子,消息灵通、人员熟悉、计划周密的人可以去钻……"

教授斜着眼望着我。

"看来您还真好好做了功课,达涅尔。"

"恕我大胆,老师。不过,对我来说,为了费尔明的幸福,这么做值,怎么都值。"

"他太荣幸了。不过,假使真这么做,如果当场被捉到的话要判重刑。"

"如果,假设一下,有人能进民政局重建的其中一个档案馆,带进一位助手,这位助手可以承担最危险的任务。"

"这么说,这位所谓的助手应该有条件帮专家争取到森贝雷父子书店终生购书均享八折的优惠,外加'新生儿'婚礼请柬。"

"一言为定,优惠到七五折。尽管我知道,如果,假设一下,能要腐败政府一把,无偿相助也有人乐意。"

"我是做学问的,达涅尔,情感勒索不起作用。"

"为了费尔明。"

"那另说。来,谈谈技术细节。"

我拿出萨尔加多付的百元大钞给他看。

"这是我的预算,应对开销和手续费。"我说。

"看来,您是花别人的钱不心疼!收好,留着在别的地方用,我无偿相助。"教授说,"尊敬的助手先生,我最担心的是必不可少的文件准备工作。政府新上任的那帮小喽啰,愿他们个个不得好死,将原本已经庞大臃肿的官僚机构又加固加强了好几倍,足以让我们的朋友弗朗茨·卡夫卡[1]做最凶险的噩梦。我说过,需要全套书信、申请、请愿信等足以乱真的文件,和原件各方面保持一致,同样的行文语气、同样的纸张芳香,被人摸过,沾满灰尘,让人无可置疑……"

"这方面我有保证。"我说。

"我需要了解这项阴谋的所有参与者,以确定您没夸海口。"

我将余下的计划讲给他听。

"可行。"他说。

主菜刚上桌,正事就谈完了,转向其他话题。吃饭时,我几番忍住不说;到了喝咖啡时,我实在忍不住,装作没什么大不了的,

---

[1] 弗朗茨·卡夫卡(1883—1924),奥地利小说家,代表作有《城堡》、《变形记》等。

将问题问出口。

"对了，教授，有一天顾客在书店聊天，聊起前文化部长毛利西奥·巴尔斯什么的，您对他了解多少？"

教授扬起眉毛：

"巴尔斯？我想就众所周知的那些事。"

"一定比众所周知多一些，老师，而且多不少。"

"嗯，有一阵子没听到这个名字了。不久前，毛利西奥·巴尔斯还是个人物。如您所说，家喻户晓的新任文化部长，任职多年、无数组织和机构的会长、政府红人、在文化界享有盛誉、许多人的后台靠山、西班牙报纸杂志文化版的宠儿……总之，是个名人。"

我无力地笑了笑，似乎很惊喜。

"现在不是人物了？"

"坦率地讲，一段日子以来，他在地球上消失了，至少淡出了公众视野。不知是派驻国外使馆去了，还是任职国际组织去了，您知道这些是怎么回事。说真的，到此为止，其行踪我一概不知……多年前，他跟人合伙开了家出版社，生意红火，出书不断，每个月都给我发邀请函，参加新书发布会……"

"巴尔斯也出席新书发布会？"

"多年前他会参加。我们总开玩笑，说他介绍自己比介绍新书或新书作者的时间还要多，不过，这是好多年前的事，我已经好多年没见他了。达涅尔，问一句，您干嘛对他感兴趣？他可没让您对我们文学界小型虚荣心交易会感兴趣。"

"好奇罢了！"

"哦！"

阿尔布盖尔盖教授结账那会儿斜着眼看我。

"我怎么老觉得您这场弥撒不是做了一半，只做了四分之一？"

"哪天我会把剩下的讲给您听，教授，我保证。"

"讲出来好。城市又没记性,需要像我这样脑子一点儿也不糊涂的人留住历史。"

"说好了:您帮我解决费尔明的问题,改天我跟您说说巴塞罗那宁可遗忘的故事,作为秘史素材。"

老师伸出手,我握了握。

"一言为定。说到费尔明的问题和要从帽子里变出的那堆文件……"

"我想,我有合适的人选来完成这项任务。"我说。

六

奥斯瓦尔多·达里奥·德·莫特森,巴塞罗那抄写员的一代宗师,我的老相识,在总督夫人府旁的摊位上吃完饭,边抽雪茄,边喝咖啡加白兰地,见我过去便招手致意。

"浪子回头,改主意了?来,写封情书,帮您解除意中人隐秘部位的各种拉链和搭扣?"

我又给他看婚戒,他点点头,想起来了。

"对不起,说习惯了,您是老派人物。我能为您做点什么?"

"堂奥斯瓦尔多,我想起为什么看您名字眼熟了。我在书店工作,找到了一本您在三三年出版的小说:《黄昏骑士》。"

奥斯瓦尔多任思绪飞扬,无比怀念地笑了笑。

"多么久远的日子!我的出版商,两个不要脸的家伙,巴利多和艾斯克维亚斯骗走了我全部家产,但愿他们落到佩德罗·波特罗[1]手里,好好关押。不过,创作小说的快感谁也夺不走。"

---

[1] 佩德罗·波特罗,此指某魔鬼。

"哪天我拿来，给我签个名？"

"没问题，那是我的天鹅之歌。当时，读者还不能接受西部小说发生在埃布罗河三角洲，强盗们划着独木舟为所欲为，没有高头大马，也没有西瓜大小的蚊子。"

"您是水边的赞恩·格雷[1]。"

"求之不得。年轻人，我能为您做点什么？"

"为同样英勇的事业贡献您的才智。"

"愿洗耳恭听。"

"我需要您帮我伪造一整套历史档案，让一位朋友和心爱的女人结婚时无司法障碍。"

"他是好人？"

"我所认识的最好的人。"

"如此说来，无须多言。婚礼和洗礼文件向来是我的最爱。"

"还需各种申请、报告、请愿信、证明及一整套文件。"

"没问题，我转一部分给小路易斯。您认识的，绝对靠得住，会十二种不同的手写体。"

我掏出教授婉拒的百元大钞递了过去，奥斯瓦尔多双眼睁得像铜铃，赶紧收好。

"谁说在西班牙靠写字没饭吃！"他说。

"够不够应付各项开支？"

"绰绰有余。弄好给您报价。现在看来，我敢说，十五个杜罗足够。"

"奥斯瓦尔多，那就拜托您了。我的朋友，阿尔布盖尔盖教授……"

"大文豪！"奥斯瓦尔多插嘴。

---

[1] 赞恩·格雷（1872—1939），美国著名西部小说作家，多部小说被改编成电影。

"更是大骑士。我说,阿尔布盖尔盖教授会来告诉您所需文件及所有细节。有任何需要,请来森贝雷父子书店找我。"

听到书店名,他满脸喜悦。

"读书人的圣殿!年轻时,我每周六都去,森贝雷先生让我大开眼界。"

"那是我爷爷。"

"如今,我已有多年未去了。囊中羞涩,只能改到图书馆借阅。"

"堂奥斯瓦尔多先生,请您务必重返书店。我们欢迎之至,价格包您满意。"

"一定光顾。"

他伸出手,我握了握。

"与森贝雷做生意是我的荣幸。"

"希望这只是第一桩,以后能常来常往。"

"那个一个劲盯着金子看的瘸子怎么样了?"

"弄了半天,不是所有发光的都是金子。"我说。

"这年头,一向如此……"

七

巴塞罗那 一九五八年

一月到了,天空清澈,空气冰冷,细细的雪花飘在城市的屋顶上。巴塞罗那晶莹剔透,太阳每天露面,在楼前留下光和影。双层巴士上层的露天座位空空荡荡,有轨电车沿着轨道驶过,留下一缕白烟。

圣诞节的装饰彩灯在老城区的街道上方拉出蓝色的光环，商铺门口一千零一个大喇叭里的圣诞歌曲不厌其烦地传递着甜蜜平安的美好祝愿。市政府将耶稣诞生模型搭建在圣海梅广场，要是有人突发奇想，去给圣婴戴上帽子，守卫不会像修女们要求的那样噼里啪啦拖去报官，只会睁只眼闭只眼，等大主教辖区的人赶去通报，叫来三名修女亲自维持秩序。

圣诞季的销售掀起了小高潮，耶稣诞生模型成为耀眼的明星，终于让森贝雷父子书店摆脱了赤字，至少付得起电费、暖气费，运气好的话，还能每天吃顿热乎乎的饭菜。父亲的情绪似乎重新饱满起来，宣布明年不要等到最后一刻才去装饰橱窗。

"耶稣诞生模型已经用了好久。"费尔明无精打采，悄悄嘟囔。

过了三王节，父亲叫我们把模型小心装好，送去地下室，来年再用。

"千万小心！"父亲提醒道，"费尔明，千万别告诉我，您抱着箱子，不小心摔了一跤。"

"森贝雷先生，我会像呵护金子那样去呵护它。我以性命担保，耶稣诞生模型和所有陪伴幼年救世主左右的动物一根毫毛也不会少。"

我们把存放所有圣诞装饰的箱子找个位置放好。我停了一会儿，扫一眼地下室和那些被遗忘的角落。最后一次在这儿的谈话我俩都没提起，但至少还在我脑海里。费尔明似乎看出我心思，摇了摇头。

"别告诉我，您还在想傻瓜来信的事。"

"有时候会想。"

"没跟堂娜贝亚特丽丝说吧？"

"没有，我把信放回她大衣口袋，只字未提。"

"她呢?也没说收到过唐璜·特诺里奥[1]的来信?"

我摇摇头。费尔明皱了皱鼻子,感觉到苗头不对。

"决定该怎么做了?"

"决定什么?"

"别装傻,达涅尔。您会不会跟踪老婆,去丽池酒店大闹一场?"

"您认为她会去赴约。"我抗议。

"您不认为?"

我低下头,跟自己生气。

"哪种丈夫会对妻子不信任?"我问他。

"说姓名还是报数字?"

"我相信贝亚,她不会骗我,她不是那种人。有话她会直说,不会骗我。"

"那就没什么好担心的,不是吗?"

听费尔明的语气,我可以想象到我的猜忌和不自信让他失望。尽管他不会承认:我长久沉溺于自私自利的想法、无端怀疑一个女人的真诚,这让他觉得悲哀。

"您在想,我是个傻瓜。"

费尔明摇了摇头。

"没有,我在想,您是个有福气的人,至少情场得意。和几乎所有人一样,身在福中不知福。"

楼梯上方有人敲门,引起我们的注意。

"你们俩在下面至少应该挖到石油了。快上来,有活儿要干。"父亲叫我们。

费尔明叹了口气。

---

[1] 唐璜·特诺里奥为西班牙文学著名人物形象,是花花公子的代名词。

"消灭赤字后，他成了暴君。"费尔明说，"是销售额壮了他的胆，见过他的人要是再见到他……"

日子过得像蜗牛爬。费尔明总算同意把婚礼和婚宴筹备工作交给父亲和堂古斯塔佛，由他们去做德高望重、一言九鼎的家长；我以伴郎的身份给领导出谋划策；贝亚任艺术指导，运筹帷幄，各方协调。

"费尔明，贝亚让我陪您去潘塔莱沃妮服装店试西装。"

"只要不是条纹西装……"

我向他一再发誓，到了婚礼那天，名字一定能用，他的朋友教区神父会高声宣布"费尔明，愿娶……为妻"，而不会有牢狱之灾。可婚期日渐临近，费尔明日渐焦虑苦恼。贝尔纳达的心提到了嗓子眼，只能靠蛋黄甜食和祈祷维持生命，尽管被一位绝对信任、绝对谨慎的医生确认怀孕后，她大部分时间都在头晕恶心。看来，费尔明的头生子来到人间，非得让母亲不得安宁。

那段日子表面平静，其实则不然。波澜不惊的水面下，暗潮涌动，慢慢把我往下拖，往下拖，让我萌发出无法抗拒的全新情感：仇恨。

闲下来时，我会一声不吭，不打招呼就溜到卡努达街的艺文协会，在期刊室和藏书中搜寻毛利西奥·巴尔斯的足迹。多年来无人关心的模糊形象一点点清晰起来，清晰得令人痛心。调查一点点重构出巴尔斯近十五年来的公众经历。自他步入政坛，便报道不断。如果相信报纸（等于相信"三只橙"[1]是用瓦伦西亚的新鲜橙子榨出的汁——费尔明的极端对比），随着时间的流逝，凭借强硬的后台，

---

[1] 一种西班牙产橙汁饮料，只含6%的新鲜橙汁。

堂毛利西奥·巴尔斯逐步实现了他的抱负，成为西班牙文学艺术界熠熠发光的一颗新星。

他平步青云，势不可挡。从一九四四年起，他在国家学术文化机构连任要职，所任职务一个比一个重要。文章、演讲、著作成批出现，任何竞赛、会议或文化大事都要请他参加出席。一九四七年，他和两人合伙成立了阿里亚德纳出版总社，在马德里和巴塞罗那设立分社，媒体极力颂扬，称其为西班牙文学"知名品牌"。

一九四八年，同一媒体开始习惯性地称毛利西奥·巴尔斯为"新西班牙最杰出、最受尊敬的知识分子"。这个国家自诩为知识分子和希望成为知识分子的人似乎和堂毛利西奥如胶似漆，文化版记者竭尽阿谀奉承之能事，希望得到他的垂青，运气好的话，能将锁在抽屉里的作品拿到他出版社出版，借此迈入官方文学殿堂，分一杯羹，尽管只能捡到几粒面包渣。

巴尔斯早就学会了游戏规则，比任何人都更懂该如何掌控局面。到了五十年代初，他的名气和影响力已经超越官方，渗透到所谓民间和普通大众中。毛利西奥·巴尔斯的指示成了颠扑不灭的真理，三四千名附庸风雅、自视甚高、鄙夷同胞的西班牙精英中的任何一名都会俯首帖耳，做他的学徒，像个小学生似的一字一句重复他的话。

在迈向巅峰的道路上，巴尔斯网罗了一群仰其鼻息、臭味相投的人，逐一安插，主管机构或包揽权力。若有人胆敢质疑其言论或能力，媒体便会口诛笔伐，无休无止的竭尽丑化之能事，让他任人唾弃，为人所不齿，就算乞讨也会碰一鼻子灰，只能遭人放逐，被人遗忘。

我花大把大把的时间研读资料，字斟句酌，对比版本，整理日期，翻箱倒柜，分析得失。换种情况，单从人类学角度，我会对堂毛利西奥和他的高超手腕佩服得五体投地。谁也不能否认，他能读懂西班牙人民的心思，动动手脚，便能撩起渴望，唤醒希望，激发幻想。

埋首苦读多日有关巴尔斯生平的官方版本，如果在我脑海中留下什么，那就是建设新西班牙的政权机器正在逐步完善，堂毛利西奥在政坛的平步青云恰恰代表了未来一代的崛起。无疑，其生命力比政权还要顽强。在未来的几十年里，他们将遍布全国，根深叶茂，无法撼动。

从一九五二年起，巴尔斯担任了三年的文化部长，登上了权力的巅峰。他抓紧时机，在为数不多的尚未控制的地盘里扩张势力，安插党羽。舆论空前一致，对他好评如潮。其言论被视为真知灼见，广为引用。他做评委、做评审，在各种类似场合频频出现。证书、荣誉、勋章，数量不断攀升。

突然，怪事发生了。

开始，我没留意。对堂毛利西奥的赞誉和报道连篇累牍，持续不断。可一九五六年后的报道和一九五六年前的报道相比，隐藏着一个细微差别。报道的语气和内容没有变，但反复阅读，反复比较后，我有一个发现。

堂毛利西奥·巴尔斯再也没有在公众场合出现。

名字、名气、声誉、势力犹在，只缺人。一九五六年后，无照片、无现身、无参与公众活动的直接报道。

最后一张证明毛利西奥·巴尔斯露面的简报日期为一九五六年十一月二日。他在马德里艺术中心举办的盛大庆典上，荣获年度最佳出版工作奖，出席的有最高官员和社会精英。八股文章，简讯而已，最有趣的是所配照片，巴尔斯年届六旬前最后一张照片。他衣冠楚楚，身着高档西装，面带微笑，既谦虚又亲切，接受与会人士的喝彩，经常出席类似场合的人和他站在一起。而在他身后，有两个黑衣人,焦距没太对准,戴着墨镜,表情严肃,令人捉摸不透,不像来出席庆典的,神态严峻,和欢庆气氛格格不入,看上去十分警惕。

艺术中心那晚后,谁也没在公众场合见到或拍到过堂毛利西奥·巴尔斯。我虽百般努力,却一无所获。走完一条条死胡同,我回到起点,梳理出他的人生,和我的一样烂熟于胸。我循着踪迹,希望找出一条线索,一个迹象,让我知道那个在照片上微笑、虚荣心膨胀、让无数报纸卑躬屈膝、曲意奉承的人身在何处。我在寻找杀母仇人,藉此掩盖内心的耻辱。耻辱显然存在,尽管没人承认。

独自在艺文协会的老图书馆里度过的那些下午,让我学会了恨。不久前,我在这里做过更单纯的事,比如:抚摸初恋(单恋)情人盲女克拉拉,或解开胡利安·卡拉斯和他的小说《风之影》之谜。巴尔斯的线索越难找,我就越拒绝承认他有权隐姓埋名,销声匿迹,消失在我的人生里。我要知道他发生了什么事,我要看着他眼睛,哪怕只为了提醒他,世上还有一个人知道他的真面目,知道他曾做过的事。

八

一天下午,研究烦了,我决定不去期刊室,陪贝亚和胡利安出门散步。巴塞罗那干净、明媚,我几乎已经遗忘了城市的这一面。我们从家走到城堡公园,我在凳子上坐下,看胡利安和他母亲在草坪上玩,看着他们,我回想起费尔明说过的话:一个有福气的人,那个人就是我,达涅尔·森贝雷。有福气的人,却让无名火在内心滋长，直到自己恶心。

　　儿子在玩心爱的游戏：不辨东西南北乱爬一气；贝亚跟得很紧。胡利安时不时停下，往我这边看。微风撩起贝亚的裙子，胡利安咯咯直笑，我鼓掌，贝亚责怪地看着我。我盯着儿子的眼睛，心中暗想：很快，在他眼里，我会是世上最好、最有学问的人，任何问题都不在话下。我又告诫自己：再也不提毛利西奥·巴尔斯，再也不对他穷追不舍。

　　贝亚过来，坐在我身边。胡利安跟着她爬到凳子边。等他爬到我脚边，我抱起他，他想把小手在我外套口袋上蹭蹭干净。

　　"刚从洗衣店拿回来的。"贝亚说。

　　我无可奈何地耸耸肩，贝亚倚过来，抓着我的手。

　　"多美的腿！"我说。

　　"一点也不好笑，还带坏儿子，幸好刚才没人。"

　　"嗯，那边有位老爷爷，躲在报纸后面，估计已经心跳过速，晕了。"

　　胡利安认为"心跳过速"是此生听过的最好笑的词，回家一路念叨，贝亚走在我们前面几步，火气直冒。

　　那天是一月二十日。晚上，贝亚伺候胡利安睡下，自己躺在沙发上睡着了，我在一旁第三遍重温大卫·马丁的小说。这本旧书是费尔明越狱后、流亡途中淘来的，这些年一直收着。我喜欢品味每个表达，分析每个句式，坚信领悟文字韵律能帮我了解素不相识的作者——所有人都声称不是我父亲的那个人。可那晚，我做不到。一句话还没读完，我便思绪万千，脑海中浮现出巴布罗·卡斯科斯·布恩迪亚约贝亚次日下午两点在丽池酒店见面的那封信。

　　最后，我合上书，看着在我身边熟睡的贝亚，猜她心里的秘密要比马丁和诅咒之城系列多一千倍。后半夜，她睁开眼，发现我在看她，便冲我笑笑，尽管我的脸色让她有些不安。

"在想什么？"她问。

"想我多有福气。"我说。

贝亚带着疑惑的眼神，久久地看着我。

"你嘴上说，心里不信。"

我站起来，伸出手。

"上床睡去。"我说。

她拉住我的手，跟我穿过走道，走进卧室。我往床上一躺，默默地看着她。

"达涅尔，你有点怪。怎么了？我说过什么，让你不高兴了？"

我摇摇头，假装笑笑。贝亚点点头，慢慢脱衣服。她从不遵照政府提倡的婚姻卫生指南，脱衣服时背对着我、钻进浴室或躲到门后。我平静地看着她，看她的曲线。贝亚看着我眼睛，脱掉那件令我深恶痛绝的大衬衫，钻到床上，背对着我。

"晚安。"声音含糊。了解她的人都知道，她不太高兴。

"晚安。"我小声说。

听呼吸声，我知道她过了半个多小时才睡着。虽然我举止奇怪，她还是精神不济，睡着了。我躺在她身边，不知该叫醒她道歉，还是吻吻她就好。我什么也没做，躺在那儿，一动不动，看着她凹凸有致的背部，心里堵得慌。有个声音在悄悄说：几小时后，贝亚会和旧情人约会。花花公子的情书里有过暗示：她的嘴唇和身体会被他人据为己有。

一觉醒来，贝亚已经走了，我昨晚一直折腾到天亮才睡着。教堂的钟敲了九下，我猛地醒来，随手抓了件衣服穿上。周一，天寒地冻，雪花飞舞，像无形的绳子悬挂在行人头顶的一盏盏吊灯。我走进书店，见父亲站在高脚凳上，和往常一样在撕日历。今天是一月二十一日。

"十二岁以后,不准睡懒觉。"他说,"今天轮到你开店门。"

"对不起,睡得不好,下不为例。"

两小时里,我尽可能指挥脑袋和手打理书店,可脑袋里总想着那封该死的信,默默地、一遍遍地回想它的内容。早上过了一半,费尔明偷偷凑过来,递给我一块苏格斯硬糖。

"是今天,对吗?"

"闭嘴,费尔明。"我很不客气,父亲扬起了眉毛。

我躲进店后工作间,听他们窃窃私语,坐在父亲的办公桌旁,看着钟。下午一点二十。我想让时间快点走,无奈指针就是不动。回到店里,费尔明和父亲忧心忡忡地看着我。

"达涅尔,也许你该给自己放个假。"父亲说,"费尔明和我忙得过来。"

"谢谢。我想是的,昨晚基本没睡,有点不太舒服。"

我没勇气去看费尔明,从工作间溜之大吉,两条腿像灌了铅似的爬上五楼,打开家门,听见浴室里有水声,好不容易挪到卧室,站在门口。贝亚坐在床边,没看见我,也没听见我进门。她目不转睛地照镜子、套丝袜、穿衣服,几分钟后,才注意到我。

"我不知道你在家。"她又惊又怒。

"你要出门?"

她点点头,在抹鲜红色的唇膏。

"去哪儿?"

"办点事。"

"打扮得很漂亮。"

"我不喜欢邋里邋遢地出门。"她反驳道。

我看她涂眼影。"有福气的人,"脑里又有个冷嘲热讽的声音在说。

"办什么事?"我问。

贝亚回头看我。

"怎么了？"

"我问你要去办什么事？"

"好几件事。"

"胡利安呢？"

"妈妈来过，带他出去玩了。"

"哦。"

贝亚走过来，不生气了，担心地看着我。

"达涅尔，你怎么了？"

"昨晚一宿没睡。"

"干嘛不睡个午觉？会好点儿。"

我点点头。

"好主意。"

贝亚无力地笑了笑，陪我走到床边，扶我躺下，盖上被子，在我额头上亲了一口。

"我赶时间。"她说。

我见她要走。

"贝亚……"

她在走道中间停下，回过头。

"你爱我吗？"我问她。

"当然爱你，问的真傻！"

先听见关门声，然后是贝亚的猫步和细高跟下楼的声音。我拿起话筒，等接线员。

"请接丽池酒店。"

接线等了几秒。

"丽池酒店，下午好，能为您做点什么？"

"麻烦您帮我确认一下有位客人是否下榻在您酒店。"

"请问客人的姓名。"

"卡斯科斯,巴布罗·卡斯科斯·布恩迪亚,应该昨天入住……"

"请稍等。"

等了漫长的一分钟,各种窃窃私语,各条线路上的回声。

"先生……"

"我在。"

"目前无法找到您那位客人的预订记录……"

突然,我一阵轻松。

"有没有可能以公司名义预订?"

"我帮您查查。"

这次等的时间短。

"是的,您说得没错。卡斯科斯·布恩迪亚先生,我找到了,大陆套间,以阿里亚德纳出版社的名义预订。"

"您说什么?"

"先生,我说卡斯科斯·布恩迪亚先生的房间是以阿里亚德纳出版社的名义预订的。需要将电话转接到房间吗?"

话筒从我手中滑落,阿里亚德纳是毛利西奥·巴尔斯多年前成立的出版社。

卡斯科斯为巴尔斯工作。

我一把挂上电话冲到街上,满腹疑团,去追贝亚。

九

当时,穿过天使门前往加泰罗尼亚广场方向走的人群中没有贝亚的影子。我以为她去丽池酒店会走这条路。不过,贝亚的心思谁也说不准。她喜欢尝试在两点之间走不同的路线。不一会儿,我决定不找了,估计她会打车过去,盛装出席嘛,应该的。

我花一刻钟赶到丽池酒店,尽管气温不到十度,我却气喘吁吁,满头大汗。门童偷偷看我一眼,略表尊重地拉开门。大堂里有上演惊天阴谋和绝世爱情的舞台气氛,让我茫然不知所措。我很少光临豪华酒店,只觉一头雾水,远远看见有个柜台,精心打扮的前台接待看着我,既好奇,又警觉。我走到前台,冲他微笑,他并不为之所动。

"请问餐厅在哪儿?"

前台接待礼貌但狐疑地打量着我。

"先生有预订吗?"

"我和酒店一位客人约好在那儿见面。"

他笑容冰冷,点了点头。

"餐厅在走廊尽头。"

"非常感谢。"

我提心吊胆地往那儿走。如果撞见贝亚和那个家伙,我也不知该说什么、做什么。领班迎面走来,挂着拒人于千里之外的微笑。他拦住我,眼神中,看得出他对我的着装不敢苟同。

"先生有预订吗?"他问。

我推开他,冲进餐厅。桌子空了一大半。两位十九世纪风范、木乃伊似的老人郑重其事地在喝汤,他们停下,气呼呼地看着我。另外两张桌子坐的像生意人,带着花瓶般精致的女伴。卡斯科斯和贝亚连影子都没有。

身后传来了脚步声,领班带着两位服务生赶了过来。我转过身,温和地笑了笑。

"卡斯科斯·布恩迪亚先生没有预订两人桌?"我问。

"先生盼咐,直接送房间。"领班回答。

我看了看表:两点二十,赶紧往电梯间走。门童见了,想追过来,我已经钻进电梯,不知道大陆套房在哪儿,只好胡乱按了上面的楼层。

"从上找起。"我对自己说。

七楼,我冲出电梯,在空无一人的奢华走道里狂找一气;很快看见通往消防楼梯的门,我下了一层,挨门挨户找,还是没找到。看表,指针指向两点半。到了五楼,我遇见一位清洁工,推着装有鸡毛掸子、肥皂、毛巾的小车。我问她大陆套房在哪儿,她沮丧地看看我指指上面,估计吓得够呛。

"八楼。"

我没坐电梯,以防酒店的人到处找我,爬了三层,穿过长长的走道,满头大汗地找到大陆套房。我在名贵的实木门前站了一分钟,想象着门后正在发生什么,问自己是否能足够理智地离开。我感觉有人在走道那头窥视,以为是门童,定睛一看,人影在拐弯处没了,估计是酒店客人。终于,我按响了门铃。

十

脚步声渐渐来到门口,我的脑海中掠过贝亚系衬衫扣扣子的画面。锁一转,我握紧拳头。门开了,开门的人抹着发蜡、穿着白色浴袍、趿着五星级宾馆的拖鞋。多年过去,我恨之入骨的脸依然无法忘记。

"森贝雷?"他不敢相信。

第一拳揍到他上嘴唇和鼻子,感觉拳下皮开肉绽、软骨迸裂。卡斯科斯手捂着脸,摇摇晃晃,血从指缝里流了出来。我狠狠地把他摔在墙上,闯进房间,听见他在我身后倒地。床铺整齐,桌子正对露台,格兰大道尽收眼底,桌上有盘热气腾腾的菜,只有一副刀叉。我回过头,面对卡斯科斯。他抓着椅子,想站起来。

"她在哪儿?"我问。

他的脸痛得变形,血从脸上滴到胸口,只见他嘴唇豁了,鼻梁差不多断了。我发现指关节剧痛,举起手一看,揍他的脸害自己手上也脱了块皮,但我一点也不后悔。

"她没来。您高兴了?"卡斯科斯咬牙切齿地回答。

"你从什么时候开始给我老婆写信的?"

他似乎笑了一下。没等他开口,我又扑上去,满腔怒火地揍了第二拳。这一拳,打松了他的牙,打麻了我的手。卡斯科斯绝望地呻吟着,倒在他靠的椅子上,见我俯身过去,用胳膊挡着脸。我用手掐着他脖子,死死地掐,似乎想扯出他的喉咙。

"你和巴尔斯是什么关系?"

卡斯科斯认为必死无疑,惊恐地看着我,结结巴巴说了一句,听不明白。我手上全是他的口水加血水,又使了点劲。

"毛利西奥·巴尔斯,你和他是什么关系?"

我的脸和他的脸挨得很近,能在他瞳孔里看见我自己。他角膜下的毛细血管开始爆裂,一圈黑线往虹膜发散。我意识到再掐下去会要了他的命,突然一把松开。他嗓子咕嘟一声,开始呼吸,手使劲摸着脖子。我对着他坐在床上,发抖的手上全是血。我去浴室洗,用凉水打湿头发和脸。我照照镜子,几乎认不出我自己。我刚才差点要了一个人的命。

回到房间,卡斯科斯还倒在椅子上喘气。我倒了杯水给他,他见我过去,又往一边闪,担心再挨一拳。

"拿着。"我说。

他睁开眼,看着杯子,迟疑片刻。

"拿着，"我又说，"就是水。"

他颤颤巍巍地接过杯子，放到嘴边。我打落了他好几颗牙齿，凉水流过珐琅质下绽开的牙龈肉，痛得他满眼是泪的直哼哼。我俩一分多钟没说话。

"叫医生？"我终于问。

他抬起脸，摇摇头。

"在我报警前离开这儿。"

"告诉我你和毛利西奥·巴尔斯是什么关系，我就走。"

我冷冷地看着他。

"他是……是我工作的这家出版社的合伙人之一。"

"是他让你写这封信的？"

卡斯科斯有些犹豫，我站起来，上前一步，抓着他头发，使劲一扯。

"别打了。"他求我。

"是巴尔斯让你写这封信的？"

卡斯科斯避开我眼睛。

"不是他。"他说。

"那是谁？"

"他的一个秘书，阿尔梅罗。"

"谁？"

"帕科·阿尔梅罗，出版社职员。他让我再跟贝亚特丽丝联系，说照做会有好处，会有一笔酬劳。"

"为什么要再跟贝亚联系？"

"我不知道。"

我作势要再扇他耳光。

"我不知道，"卡斯科斯呻吟，"真的不知道。"

"所以你约她来这儿？"

"我还爱贝亚特丽丝。"

"很美的表白方式。巴尔斯在哪儿?"

"我不知道。"

"上司在哪儿,你怎么会不知道?"

"我根本不认识他,行不行?从来没见过他,没跟他说过话。"

"什么意思?"

"一年半前,我进了阿里亚德纳马德里分社工作,直到现在都没见过他。谁也没见过他。"

他慢悠悠地站起来,往房间电话走,我没拦他。他抓起话筒,仇恨地看着我。

"我要报警……"

"不必了。"房间走道上传来声音。

我回过头,只见费尔明穿着估计是父亲的西装,举着一本官方证件。

"费尔明·罗梅罗·德·托雷斯探长。警察。据报有人闹事,谁能告诉我这里发生了什么事?"

我不知道我和卡斯科斯究竟谁更诧异。费尔明借此机会,轻轻地从卡斯科斯手里拿过话筒。

"我来,"费尔明把他推开,"我来通报警局。"

他装模作样地拨号,冲我们笑。

"麻烦您,接警局。没错,谢谢。"

等了几秒。

"玛丽·皮里,是我,罗梅罗·德·托雷斯,请白莱修接电话。好的,我等。"

费尔明佯装在等,用手捂住话筒,冲卡斯科斯做个手势。

"您是自己撞在卫生间门上了,还是想控告某人?"

"这人蛮横无理,他袭击我,还想杀我。我要告他,现在就告,让他受到严惩。"

费尔明公事公办地看看我,点点头。

"确实要以眼还眼,以牙还牙。"

费尔明听话筒里有声音,做个手势,让卡斯科斯不要说话。

"白莱修,丽池酒店,没错,424,伤者一名,多半在脸部,说不准,我认为破了相。好的,我会立即将嫌疑人缉捕归案。"

他挂上电话。

"全部搞定。"

费尔明走到我身边,凛然抓住我手臂,让我闭嘴。

"您别说话,您所说的话将会成为呈堂证供,至少把您关到万圣节。走!"

卡斯科斯痛得钻心,费尔明的出现让他彻底晕了。看到眼前这一幕,他不敢相信。

"您不把他铐上?"

"这里是高雅酒店,上巡逻车再铐。"

卡斯科斯还在流血,也许眼前还有重影。他半信半疑地拦住我们。

"您真的是警察?"

"秘密警察。我马上叫人给您送只生牛排,敷在脸上当面膜,对治疗短距离内攻击造成的伤口有奇效。我的同事晚一点会来给您录口供,准备指控。"说着,他推开卡斯科斯的胳膊,推着我飞快地往门口走。

十二

我们在酒店门口叫了辆出租车,默默地穿过格兰大道。

"耶稣、马利亚、圣约瑟！"费尔明终于爆发，"您疯了？看看您，我都不敢认……您想干什么？杀了那混蛋？"

"他替毛利西奥·巴尔斯工作。"我只说了这一句。

费尔明气得直翻白眼。

"达涅尔，您真的做得太过分了！我跟您说的不是时候……您还好吗？瞧这手……"

我给他看拳头。

"天啊！"

"您怎么知道……？"

"因为我像了解亲生儿子那样了解您，尽管有些天，我几乎后悔。"他气不打一处来。

"我也不知道自己怎么了……"

"我知道，但不喜欢，一点儿也不喜欢。这不是我认识的达涅尔，也不是我朋友达涅尔。"

我手痛，让费尔明失望，心更痛。

"费尔明，别生我的气。"

"我才不会。这孩子竟还想得到受励奖励……"

我们沉默了一会儿，各看各的街景。

"幸好您来了。"我开口。

"您认为我会扔下您不管？"

"您什么也不会跟贝亚说，是吧？"

"您要是愿意，我给《先锋报》总编写封信，宣传一下您的丰功伟绩。"

"我不知道自己怎么了，我不知道……"

他严厉地看着我，最后放松下来，拍拍我的手，我忍着痛。

"别想了。换了我也会这么做。"

透过车窗，巴塞罗那在眼前掠过。

"那是什么证件？"

"您说什么？"

"您出示的警察证件……那是什么证件？"

"巴萨会员证。"

"您说的没错，费尔明。我真傻，居然怀疑贝亚。"

"我天赋异禀，一说即中。"

我在事实面前败下阵来，不再说话。这一天，我已经说了太多太多的蠢话。费尔明一言不发，做沉思状。想到自身言行让他如此失望，我无言以对，深深感到不安。

"费尔明，您在想什么？"

他转过头，忧心忡忡地望着我。

"在想那个人。"

"卡斯科斯？"

"不，巴尔斯。我在想那混蛋说过的话，究竟什么意思。"

"您指什么？"

费尔明阴郁地看着我。

"到目前为止，我担心的是您想找巴尔斯。"

"现在不了？"

"有更让我担心的事，达涅尔。"

"什么事？"

"他在找您。"

我俩默默对视。

"他为什么找我？"我问。

百问不倒的费尔明慢慢摇头，转向别处。

在接下来的车程里，我俩一声不吭。到了家，我直接上楼洗澡，吃四颗阿司匹林，放下百叶窗，抱着有贝亚芳香的枕头，傻傻地睡了过去。我很纳闷，那个让我不惜成为本世纪最大傻瓜的女人究竟在哪儿?

十三

"我胖得像猪。"贝尔纳达在圣塔艾乌拉里亚时装店摆满镜子的大厅里说,镜子里映出无数个她。

两位女裁缝跪在她脚边,又在婚纱上别了几十根大头针。贝亚在她身边转悠,仔细盯着,检查每一道褶皱、每一处针脚,似乎这婚纱就是她的命根子。贝尔纳达张开双臂,几乎不敢呼吸,盯着镜子里各个角度的体型,看小腹是否隆起。

"贝亚夫人,真的什么也看不出来?"

"一点也看不出,平得像搓衣板。当然,我指的是小腹。"

"哎呀呀!我不知道,我不知道……"

裁缝们改来改去,又折磨了她半个多小时。当世上已经没有大头针可以往可怜的贝尔纳达身上戳之后,店里的明星服装师、婚纱设计者拉开帘子,粉墨登场,将裙摆大致检查一番,做了两处修改,微微颔首,打个响指,让助手们悄然退场。

"就算佩尔特加斯[1]也不会把您打扮得更漂亮。"他满意地宣布。

贝亚微笑着点点头。

设计师身材苗条,名叫艾瓦里斯托,人如其名,言行举止矫揉造作。他亲了亲贝尔纳达的脸。

"您是世上最好的模特,有耐心,能吃苦。让您受累了,不过值得。"

"先生,您觉得我穿上这个,还能呼吸吗?"

---

[1] 马努艾尔·佩尔特加斯(1917—),西班牙著名时装设计师。

"亲爱的,您将和一位伊比利亚猛男在教堂结婚。要我说,您早就无法呼吸了。您得这么想:婚纱好比潜水服,无法呼吸顺畅。脱了它,好戏才上演。"

贝尔纳达听出言外之意,在胸口划了个十字。

"现在,拜托您万分小心,把婚纱脱下。针脚还没缝上,无数根大头针别着,我不希望您千疮百孔地登上祭坛。"艾瓦里斯托说。

"我来帮她。"贝亚自告奋勇。

艾瓦里斯托带着挑逗的眼神看着贝亚,像X射线般将她从头到脚看了个透。

"宝贝儿,什么时候我能帮您脱穿衣服呢?"他退到帘子后,像舞台退场。

"流氓,瞧他看您那眼神,"贝尔纳达说,"他们还说他喜欢男人。"

"贝尔纳达,我觉得他男人女人都喜欢。"

"怎么可能?"她问。

"来,看我能不能把你弄出来,不掉一根大头针。"

贝亚帮她脱离苦海时,她一个劲地小声抱怨。

贝尔纳达的东家堂古斯塔佛坚持出婚纱钱。贝尔纳达知道价钱后,一直惴惴不安。

"堂古斯塔佛根本没必要花这么多钱。这儿恐怕是全巴塞罗那最贵的时装店,他非让我来这儿,找什么艾瓦里斯托,说是他半个侄子什么的;还说料子不是格拉塔克斯店的,他就会过敏,那儿的就没事。"

"有人送,就……再说,堂古斯塔佛希望你嫁得风风光光,他就这样。"

"拿妈妈的婚纱,补补一样穿,费尔明不会在意。每次我穿新衣服给他看,他只想替我脱掉……这才把我肚子给搞大了,愿上帝饶恕我。"贝尔纳达拍拍肚子说。

"贝尔纳达,我也是先怀孕后结婚。我保证,上帝有更重要的事要忙。"

"费尔明也这么说,我不知道……"

"听费尔明的,不用担心。"

贝尔纳达穿着高跟鞋、张开双臂站了两小时,如今身着衬裙,筋疲力尽地倒在扶手椅上直喘气。

"哎,可怜的费尔明不知掉了多少肉,快愁死我了。"

"你等着,从现在起,他会好起来。男人就是这样,跟天竺葵似的,眼看着快死了,还能再活过来。"

"我不知道,贝亚夫人,费尔明很消沉。他说想结婚,有时我不信。"

"贝尔纳达,他很爱你。"

贝尔纳达耸了耸肩。

"我可没看上去那么傻。我从十三岁起就只会帮人打扫房间,许多事不懂。但我知道,费尔明见过世面,惹过麻烦。他从来不提认识我之前他过的是什么日子。但我知道,他有过别的女人,有过许多经历。"

"可他在所有女人中挑中的是你。"

"可他喜欢女人比蜜蜂喜欢花还要多,我们出去跳舞散步时,他的眼睛一直在女人身上转,非把我气死不可。"

"只要他不过分……我保证,费尔明没有对你不忠。"

"我知道。贝亚夫人,您知道我怕什么吗?我怕配不上他。当他陶醉地看着我,说些甜言蜜语,要跟我白头偕老什么的,我总会想,他会在哪天早上醒来,看着我说:'我从哪儿弄来这么个蠢婆娘?'"

"你错了,贝尔纳达。费尔明永远不会这么想,他一直对你赞不绝口。"

"这又不是什么好事。您瞧，我见过许多男人，把女人捧到天上去了，跟圣女似的，结果刚过去一个妓女，就像发情的狗那样追了上去。老天赐给我这双眼，见过多少这样的事，您都不敢相信。"

"费尔明不是这种人，贝尔纳达。费尔明是好人，难得一见的好人。男人就像街上卖的栗子：刚买那会儿热乎乎，香喷喷的；从袋子里一拿出来，立马就变冷了，你还会发现，大部分烂在里头。"

"您不是在说达涅尔先生吧？"

贝亚顿了一秒才回答。

"不是，当然不是。"

贝尔纳达斜着眼看着她。

"贝亚夫人，家里还好吗？"

贝亚摆弄着贝尔纳达衬裙肩上的褶。

"挺好的，贝尔纳达。问题是：我俩的丈夫都有自己的事和自己的秘密。"

贝尔纳达点点头。

"有时候就像孩子。"

"男人嘛，由他们跑去。"

"我喜欢男人，"贝尔纳达说，"我知道，这是罪过。"

贝亚笑了。

"喜欢什么样的男人？像艾瓦里斯托这样的？"

"哦，天啊！不要！他这么爱照镜子，非把自己照伤不可。梳妆打扮比我讲究的男人看着别扭，我喜欢粗鲁一点的，怎么说呢？我知道费尔明在大家眼里不算帅。但我觉得他帅，觉得他好，觉得他很有男人味。最重要的是人好，待人真诚。冬天，晚上抱着，不觉得冷。"

贝亚笑着点点头。

"阿门,尽管有只小鸟告诉我,你喜欢加里·格兰特[1]。"

贝尔纳达的脸腾地红了。

"您难道不喜欢?他不是结婚型的男人,我觉得他第一次照镜子时就会爱上自己。不过,也就和您私下说说,愿上帝饶恕我,我不介意能跟他握个手……"

"贝尔纳达,要是费尔明听到,会怎么说?"

"还是那句话:'哎!人生苦短,需及时行乐……'"

---

[1] 加里·格兰特(1904—1986),美国著名电影演员,代表作为《费城故事》和《谜中谜》等。

第五部　英雄的名字

一

巴塞罗那　一九五八年

多年以后，二十三位被邀请的客人会想起费尔明·罗梅罗·德·托雷斯告别单身前的那个历史性夜晚。

"这意味着一个时代的结束。"阿尔布盖尔盖教授举起香槟，祝酒词一语中的，说出了所有人的感受。

堂古斯塔佛·巴塞罗认为：费尔明的告别单身聚会对全球女同胞的影响堪比鲁道夫·瓦伦蒂诺[1]之死。聚会于一九五八年二月一个明朗之夜在宽敞的白鸽舞厅举办，新郎跳出令人心悸的探戈，某些时刻将载入费尔明为女性效劳漫长生涯之秘密档案。

我们好不容易把父亲拽出家门。父亲请来了下洛布雷加特的哈瓦那半专业舞会伴奏乐队，费用十分低廉，乐队奏响曼波、瓜拉恰和山区音乐等古巴民间舞曲，将新郎带回到在被遗忘的古巴，散发着国际魅力、阴谋迭出的大型俱乐部里的往昔。参加聚会的人或多或少不再羞怯，冲向舞池，扭动身躯，庆贺费尔明的大日子。

巴塞罗骗我父亲说，他手里的伏特加只是加两滴蒙塞拉香精的矿泉水。聚会真正的灵魂人物小罗西奥拉了些女孩来活跃气氛。不一会儿，所有人都欣赏到了父亲搂着女孩跳舞的旷世奇观。

"仁慈的上帝啊！"音乐声起，见父亲和风月场上的老手扭胯

---

[1] 鲁道夫·瓦伦蒂诺（1895—1926），意大利演员、性感明星、绰号"拉丁恋人"，上世纪二十年代最受欢迎的明星之一，也是默片时代最知名的演员之一。

撞臀，我小声嘀咕。

巴塞罗在宾客中游走，派送雪茄和纪念卡，在圣餐仪式、洗礼、葬礼等纪念卡专业作坊量身定做，纸张精美，印着费尔明打扮成小天使、双手做祈祷状的漫画，文字如下：

> 费尔明·罗梅罗·德·托雷斯
> 19??—1958
> 花花公子就此退休
> 1958—19??
> 一家之主就此诞生

很久以来，费尔明的内心第一次洋溢着幸福和安宁。聚会开始前半小时，我陪他去坎路易斯。阿尔布盖尔盖教授通知我们：当天上午，他带着由奥斯瓦尔多·达里奥·德·莫特森和助手小路易斯生花妙笔制作的全套文件去民政局走了一趟。

"费尔明，我的朋友，"老师宣布，"欢迎您来到活人世界，由堂达涅尔·森贝雷和所有在场的坎路易斯朋友作证，给您颁发全新合法的身份证。"

费尔明激动地看着自己的新身份证。

"你们怎么会创造出如此奇迹？"

"技术层面咱们不谈。关键在于您有真正的朋友，愿意豁出命去折腾，让您合法结婚生子，延续罗梅罗·德·托雷斯的家族血脉。费尔明，基本上，一切皆有可能。"老师说。

费尔明噙着泪看着我，紧紧地拥抱我，差点把我憋死。我不会不好意思，我承认：那是我一生中最幸福的时刻之一。

二

乐声四起、觥筹交错、劲歌热舞了一个半小时，我喘口气，去吧台找点非酒精饮品。当晚的主打——加柠檬的甘蔗酒，再来一滴，我都喝不下去。服务生给我倒了杯凉水，我倚着吧台看他们疯，没注意到吧台的另一端是小罗西奥。她手捧香槟，忧伤地看着自己一手张罗的聚会。照费尔明所说，她快三十五了。近二十年的皮肉生涯在她身上留下了许多痕迹，在这朦胧的彩色光影下，埃斯库德勒斯的街头王后看上去也老了。

我走到她身边，冲她笑笑。

"小罗西奥，您比任何时候都漂亮。"我言不由衷。

她穿上最好的衣服，还在阿萨尔托伯爵街最好的发廊做了头发。但我觉得，那晚的小罗西奥比任何时候都要忧伤。

"小罗西奥，您还好吧？"

"瞧他，可怜鬼，瘦得只剩一把骨头了，还想跳舞。"

她的眼睛盯着费尔明。我知道，在她眼里，费尔明永远是那个把她从小混混手里救出来的大英雄。也许，二十年的皮肉生涯里，他是她唯一值得去爱的人。

"堂达涅尔，我不想告诉费尔明，明天的婚礼我不去了。"

"说什么呢，小罗西奥？费尔明给你安排了嘉宾座……"

小罗西奥低下头。

"我知道，但我去不了。"

"为什么？"我问，尽管能猜到答案。

"我去了会伤心。我希望费尔明和他夫人生活幸福。"

小罗西奥开始哭，我无言以对，只好把她拥在怀里。

"我一直爱他,您知道吗?从我认识他那天起。我知道自己不是他的女人,他把我当……当小罗西奥。"

"费尔明很爱你,你永远不要忘记。"

她走开,不好意思地擦擦眼泪,冲我笑笑,耸了耸肩。

"对不起,我很傻,喝了点酒,不知在胡说些什么。"

"没关系。"

我把我的水给她,她要了。

"有一天,发现青春没了,那趟车也走远了。您懂吗?"

"总会有车再来,总会有。"

小罗西奥点点头。

"所以,婚礼我不去了,堂达涅尔。几个月前,我认识了雷乌斯的一位先生。他是个好人,鳏夫,也是位好父亲。他有家废品店,每次到巴塞罗那都来看我。他向我求婚,我俩谁也没骗谁,明白吗?孤独终老是件残忍的事,我的身子已经不能再去街上拉客。海梅特,就是雷乌斯那位先生,让我陪他周游世界。孩子们都离开了家,他也工作了一辈子,说闭眼前,想去看看花花世界,让我陪他一起去,以妻子的名义,不是玩了就扔的妓女名义。船明天一早开,海梅特说船长有权在公海给我们结婚,不行的话,就随便在哪个港口找个神父。"

"费尔明知道吗?"

舞池中的费尔明仿佛远远听见了我们的谈话,停下来看我们。他向小罗西奥张开双臂,摆出懒人需要爱抚的神情。小罗西奥笑了,低声说他不知道。在走向舞池、和生命中的最爱跳最后一曲博莱罗舞前,她回头对我说:

"替我好好照顾他,达涅尔,费尔明只有一个。"

乐队停止演奏,舞池里人群散开,迎接小罗西奥,费尔明挽着她的手。白鸽舞厅的灯光缓缓熄灭,黑暗中,聚光灯在他们脚下打出一圈朦胧的光。其他人让到一边,乐队缓缓奏响那支最忧伤的博莱罗。费尔明挽着小罗西奥的腰,热爱当年巴塞罗那的两个人深情对视,浑然忘我,跳起最后一支舞。乐曲终了,费尔明吻她的唇,小罗西奥满脸是泪,抚摸他的脸颊,没有告别,缓缓地往出口走去。

三

乐队救场,奏响一支瓜拉恰。奥斯瓦尔多·达里奥·德·莫特森写了那么多情书,堪称多愁善感百科全书派代表,他鼓动在场的人回到舞池,装作什么也没看到。费尔明有些沮丧,来到吧台,坐在我身边的高脚凳上。

"费尔明,您还好吧?"

他虚弱地点点头。

"最好去呼吸点新鲜空气,达涅尔。"

"在这儿等我,我去取大衣。"

我们沿作坊街往兰布拉大道走,前方五十米处,有个熟悉的身影在慢慢往前挪。

"喂,达涅尔,那不是您父亲吗?"

"是他,醉得像一摊泥。"

"我以为永远看不到的场面。"费尔明说。

"我的感觉可想而知。"

我俩加快脚步追上他。父亲眼神呆滞,见到我们笑了笑。

"几点了?"他问。

"很晚了。"

"我也觉得。费尔明,聚会精彩纷呈!那几个姑娘,屁股翘得足以引发一场战争。"

我直翻白眼,费尔明抓着他胳膊,搀着他走。

"森贝雷先生,没想到您会说出这样的话。您目前酒精中毒,少说为妙,免得事后懊恼。"

父亲点点头,突然很不好意思。

"全怪巴塞罗那个混蛋,不知道他给我喝了什么,我又不常喝酒……"

"没关系,回家喝杯苏打,睡个好觉,保管明天容光焕发,就像什么也没发生。"

"我想吐。"

费尔明和我扶他站着,可怜的父亲把喝的酒全吐了。我擦着他冷汗涔涔的额头,他确认吐得一干二净后,我们让他在门廊前的台阶上坐了一会儿。

"森贝雷先生,慢一点,深呼吸。"

父亲闭着眼睛点点头,费尔明和我互相看了一眼。

"喂,您不是要结婚?"

"明天下午。"

"祝贺您,老兄!"

"谢谢您,森贝雷先生。怎么样?能一点点挪回家吗?"

父亲点了点头。

"来吧,勇士,没几步了。"

干爽的凉风吹来,让父亲清醒不少。十分钟后,走在圣安娜街上,可怜的人认得路了,羞得无地自容。估计他这辈子从没喝醉过酒。

"拜托,这事儿谁也别告诉。"他求我们。

距书店二十多米,我发现有人坐在楼口。天使门拐角霍尔巴商店门前硕大的街灯照射下,一位年轻的姑娘抱着箱子,坐在地上。看见我们,她站起身来。

"有人在等我们。"费尔明小声说。

父亲先看见她,我注意到他表情奇怪,又突然镇定并恢复正常。他往她走去,又目瞪口呆地站住。

"伊莎贝拉?"我听他说。

我往前几步,担心父亲酒后乱性,神志不清,没准会当街倒下。这时,我看见了她。

四

她应该不到十七,站在楼口街灯下,害羞地冲我们笑,扬起手,跟我们打招呼。

"我是索菲亚。"她说话有点口音。

父亲呆呆地望着她,像见了鬼。我咽了口吐沫,感觉周身一股寒意。那位姑娘的长相和父亲收在办公桌里相册上的母亲一模一样。

"我是索菲亚,"姑娘有些慌张,又说了一遍,"您外甥女,从那不勒斯来……"

"索菲亚,"父亲结结巴巴地说,"啊!索菲亚。"

上帝保佑,幸亏费尔明在场,能控制局势。他拍了我一巴掌,让我从讶异中惊醒,又跟姑娘解释,森贝雷先生有点不舒服。

"我们去喝酒了,可怜的森贝雷先生一杯餐前酒就能放倒。您别在意,小姐,[1] 他平常不是这副模样。"

---

[1] 原文为意大利语。

我们找到了姑娘的母亲——劳拉姨妈的加急电报。家里没人，邮递员从门底下塞了进来，电报上说索菲亚要来。

回到家，费尔明搀父亲坐在沙发上，让我去煮一壶浓咖啡。与此同时，他陪姑娘聊天，问路上如何，东拉西扯一番。父亲一点点清醒过来。

索菲亚口音悦耳，她快言快语的说晚上十点到法兰西车站，坐出租车到加泰罗尼亚广场，发现家里没人，就去附近酒吧待到打烊，又坐在楼口等，相信迟早有人露面。父亲想起劳拉来过一封信，说索菲亚要来巴塞罗那，没想到这么快。

"实在抱歉，让你在大街上等，"他说，"我平时从不出门，可今晚是费尔明的告别单身聚会……"

索菲亚听了很高兴，站起来，在费尔明脸上亲了一口，以示祝贺。费尔明本已退出战场，依然把持不住，当即邀请她参加婚礼。

聊了半小时，贝亚也参加完贝尔纳达的告别单身聚会回来了，她上楼敲门，听见屋里有动静，走进餐厅，看见索菲亚，顿时脸色煞白，扫了我一眼。

"这位是那不勒斯的索菲亚表妹，"我宣布，"来巴塞罗那念书，要在这儿住一阵子……"

贝亚尽量掩饰内心的慌乱，很自然地跟她打了个招呼。

"我妻子贝亚特丽丝。"

"叫我贝亚好了，没人叫我贝亚特丽丝。"

时间和咖啡渐渐冲淡了索菲亚的到来所引发的震撼，过了一会儿，贝亚说可怜的姑娘恐怕累坏了，最好去睡觉，明天会是新的一天，尽管明天费尔明结婚。大家决定安排她睡在我儿时的卧室，费尔明确定父亲不会再次昏迷后，也打发他上床。贝亚向索菲亚保证会借给她一件衣服参加婚礼。费尔明身上的酒味两米远都能闻到，他刚想就身材和尺寸的异同发表一番谬论，就被我一肘打了回去。

父母的结婚照在隔板上看着我们。

我们仨坐在餐厅,看着照片惊讶不已。

"像两滴水,一模一样。"费尔明小声说。

贝亚斜着眼看我,想看穿我的心思。她拉着我的手,笑眯眯的,打算转移话题。

"玩得如何?"贝亚问。

"很有分寸。"费尔明保证,"你们呢?"

"毫无分寸。"

费尔明看着我,一脸严肃。

"我就说,这种事,女人比咱们开放得多。"

贝亚神秘地笑了笑。

"费尔明,您说谁开放来着?"

"堂娜贝亚特丽丝,请原谅这不可饶恕的罪过,都是血管里的佩内德斯葡萄酒作祟,害得我胡言乱语。永恒的上帝知道:您恬静贤淑,蕙质兰心。在下宁可被打入黑牢,永不开口的了此残生,也不敢说您哪怕一丁点儿的开放。"

"不会那么便宜你的!"我说。

"别再说了。"贝亚打住我话头,看着我们,似乎我俩才十一岁,"现在,你们俩应该循惯例,婚礼前,去防波堤散步。"她说。

费尔明和我互相看了看。

"好了,去吧!明天准时去教堂⋯⋯"

五

那个点儿,只有蒙特卡达街的桑姆潘耶特酒吧还没打烊,大概是出于同情,清扫时让我们坐了一会儿。打烊前,听说费尔明即将大婚,老板向他表示哀悼,附赠一瓶药酒。

"鼓起勇气,面对困难。"他建议。

我们在里贝拉区的巷子里乱窜,和往常一样,希望能大刀阔斧地改造世界,直到天空出现淡淡的紫色。我们知道,新郎和伴郎,也就是我,应该去防波堤,坐下来欣赏日出,再次面对世上最大的海市蜃楼——清晨倒映在海水中的巴塞罗那。

我们坐在防波堤上,晃荡着两条腿,共饮桑姆潘耶特酒吧老板馈赠的那瓶酒,一口接一口,一言不发,默默地看着这座城市,目光随着海鸥飞过施恩会教堂的穹顶,在邮政大楼的塔楼间划过一道弧线。远处的蒙锥克山顶上,黑乎乎的城堡像只幽灵鸟,仔细观望着脚下的城市。

汽笛声打破了静谧,国家港口的另一端,一艘大型巡洋舰正在拔锚起航。船驶离码头,螺旋桨一转,尾波荡漾,往海湾口驶去。几十名乘客站在船尾挥手致意。我问自己,小罗西奥是否也在其中,和雷乌斯英俊潇洒、步入暮年的废品店老板站在一起。费尔明看着船,若有所思。

"达涅尔,您认为小罗西奥会幸福吗?"

"费尔明,您呢?您会幸福吗?"

我们目送轮船远去,人影越来越小,直到没了踪影。

"费尔明,有件事让我好奇:干嘛不让大家送您结婚礼物?"

"我不想让人为难。再说,要印着西班牙国徽的成套餐具和其他礼品有什么用?"

"不过,我想送您一件礼物。"

"达涅尔,您已经送了我一份无与伦比的大礼。"

"那个不算,我说的礼物是用来个人使用和享受的。"

费尔明好奇地看着我。

"不会是陶瓷圣女或十字架吧?贝尔纳达有一大堆,我都不知道该放哪儿。"

"别担心,不是物品。"

"难道是钱……"

"很遗憾,您知道,我没钱。有钱的是我岳父,他一毛不拔。"

"佛朗哥派的遗老遗少们钱袋子攥得真紧。"

"费尔明,我岳父是个好人,别说他坏话。"

"咱们得揭晓谜底,您刚吊起我胃口,千万别转移话题。到底什么礼物?"

"您猜猜看。"

"一盒苏格斯硬糖。"

"不对不对,差太远了……"

费尔明挑起眉毛,无比好奇。突然,他眼睛一亮。

"不会吧……是时候了?"

我点点头。

"正是时候。现在听好:费尔明,您今天看到的一切,不能跟任何人说,任何人都不行……"

"连贝尔纳达也不能说?"

六

清晨的第一缕阳光像液态的铜,流过圣塔莫妮卡大道的飞檐。周日早上,街上静悄悄的,空无一人。走在狭窄的彩虹剧院街上,越往里走,从大道上慌不择路溜进来的那束光就越暗。走到那扇巨大的雕花木门前时,我们早已身处城市的阴影中。

我爬上几级台阶，敲击门环，回声像池塘里的波纹，荡漾着消失在门后。费尔明毕恭毕敬，闭口不言，像等着头一回参加宗教仪式的孩子，迫不及待地看着我。

"这时候敲门，会不会太早？"他问，"要是把管理员惹毛了……"

"这里不是世纪百货商店，没有作息时间。"我让他放心，"管理员叫伊萨克，他若不问，您就什么也别说。"

费尔明赶紧点头。

"一个字儿也不说。"

两分钟后，我听见控制门锁的一大堆齿轮、滑轮、杠杆噼里啪啦响了一阵。我走下台阶，门只开了一拃宽，探出管理员伊萨克·蒙佛特那张鹰脸，眼神一如既往地难以捉摸。他先看看我，很快掠过，又去仔仔细细地观察、打量、琢磨费尔明。

"这位想必就是大名鼎鼎的费尔明·罗梅罗·德·托雷斯吧！"他低声说。

"愿为您和上帝效劳……"

我用胳膊肘敲他，让他闭嘴，冲一脸严肃的管理员笑了笑。

"早上好，伊萨克。"

"森贝雷，如果您不趁大清早、我在厕所或聚会时敲门，这一天会更好。"伊萨克反驳道，"好了，进来吧！"

管理员把门多开一拃，放我们进去。大门在身后关上，伊萨克从地上拿起烛台，费尔明见那把阿拉伯式机械精密的大锁如世上最大钟表的表芯，正在自动合上。

"如果有小偷来这儿，麻烦可大了。"他脱口而出。

我看他一眼作为警告，他立马噤声。

"取书还是送书？"伊萨克问。

"我早就想带费尔明来见识见识，跟您提过多次，他是我最好的朋友，今天中午结婚。"我跟他解释。

"仁慈的上帝啊！"伊萨克说，"可怜的孩子，真的不想逃婚，在我这儿躲躲？"

"伊萨克，费尔明真的想结婚。"

管理员上上下下地打量他，胆敢迈入婚姻殿堂的费尔明抱歉地冲他笑笑。

"真有胆量！"

他领我们走过长廊，出口正对大厅。我让费尔明前行几步，让他先看见无法用言语描述的那幅场景。

一大束光透过穹顶的玻璃天窗，照亮了他渺小的身影。光倾泻而下，如梦如幻，照亮了由过道、隧道、楼梯、拱门、拱顶组成的巨大迷宫，像一棵长满书的树，钻出地面，伸向天空，其几何结构无法破解，无边无际地蔓延开去。费尔明站在底层天桥入口，目瞪口呆地欣赏这一奇观。我悄悄挨近，把手搭在他肩上。

"费尔明，欢迎光临'遗忘书之墓'！"

七

根据我的个人经验，初来乍到者的反应必然是惊讶加着迷，这里的美丽和神秘让到访者叹为观止、乐而忘言、恍如梦中。费尔明自然与众不同。前半小时，他像被催了眠，着了魔似的在巨大的迷宫中游来荡去，用指节敲敲拱扶垛和柱子，似乎怀疑它们是否结实；在不同角度、不同距离举手作望远镜状，试图探索建筑结构的逻辑关系。他在螺旋上升的图书馆里转悠，用他的大鼻子隔一厘米去嗅沿途难以计数的书籍，所到之处，尽可能记住书名并分类。我在他身后几步，既惊恐，又担心。

书籍从地到顶，我在其中一座吊桥上遇到伊萨克，以为他要赶我们出去，谁知，他并无愠色，见费尔明初探"遗忘书之墓"的收获，他安然一笑。

"您朋友超级怪。"伊萨克评价道。

"其程度，远远超乎您的想象。"

"别担心，随他去，总会从云端回到人间的。"

"要是迷了路怎么办？"

"我看他挺机灵的，会有办法。"

我可没那么大把握，但不想跟伊萨克拌嘴，就陪他去办公室那间屋子，喝他泡的咖啡。

"规矩跟您朋友说过了？"

"费尔明和规矩向来水火不容。我跟他说过最基本的，他信誓旦旦地回答：'那当然，您把我当什么人了？'"

伊萨克给我续咖啡时，见我正在看办公桌上方她女儿努丽亚的照片。

"她走了快两年了。"他话中的忧伤划破了周围的空气。

我难过地低下头。即使再过一百年，努丽亚·蒙佛特的死也会印在我脑海里。我坚信，如果她从未认识过我，或许她还活着。伊萨克温柔地看着照片。

"森贝雷，我老了，该有人来接我的班了。"

我正要反驳这个暗示，费尔明突然慌慌张张地冲了进来，直喘粗气，像刚跑完马拉松。

"怎么样？"伊萨克问，"您觉得如何？"

"伟大至极。可惜没有卫生间，至少我没看见。"

"希望您没在角落里解决。"

"我做了超人的努力，才一直憋到这儿。"

"出那扇门，左拐。水箱绳得拉两次，第一次永远不出水。"

费尔明排完内急，伊萨克给他泡了杯热气腾腾的咖啡。

"堂伊萨克，我有一大堆的问题想向您请教。"

"费尔明，我不认为……"我帮伊萨克说话。

"问吧，问吧！"

"第一部分是地方史，第二部分和技术与建筑有关，第三部分主要是书目……"

伊萨克笑了。这辈子我没见他笑过，不知是老天开眼，还是厄运临头。

"您先选一本希望保存的书。"伊萨克说。

"我看上好几本，单从感情角度，挑了这本。"

他掏出的书红皮精装，烫金字凸版书名，版画封面，画着骷髅。

"好家伙！大卫·马丁的《诅咒之城第十三册：达佛涅与不可攀登的梯子》……"伊萨克念道。

"一位故友。"费尔明解释。

"不会吧！瞧，有一阵，他常来我这儿。"伊萨克说。

"恐怕是内战前！"我指出。

"不，不……是内战后。"

费尔明和我面面相觑。我想：伊萨克说的没错，他老了，该有人接他的班了。

"管理员先生，我没想跟您作对，但这不可能。"费尔明说。

"不可能？麻烦您说清楚……"

"大卫·马丁内战前逃到国外，"我来解释，"一九三九年初，内战快结束时，他翻过比利牛斯山回国，几天后在普伊格塞尔达被捕入狱，一九四〇年末遇害。"

伊萨克难以置信地看着我们。

"您还是信了吧,管理员先生,"费尔明向他保证,"消息来源绝对可靠。"

"我敢保证:大卫·马丁就坐在您——森贝雷——坐的这张椅子上,跟我聊了一会儿。"

"您敢肯定,伊萨克?"

"这辈子从来没这么肯定过。"管理员反驳道,"我记得,是因为我俩多年未见,他身体很糟,像是病了。"

"还记得他来的日子吗?"

"记得非常清楚,一九四〇年最后一天,新年前夜,我最后一次见他。"

费尔明和我埋头苦算。

"也就是说,狱卒贝波对布里安斯说的话是真的。巴尔斯派人把他带到桂尔公园旁的别墅灭口……贝波听枪手说那儿发生了点事,别墅里有人……也许有人阻止,他们没杀马丁……"我信口道来。

伊萨克听着我的猜想,十分惊讶。

"你们在说什么呢?谁想杀马丁?"

"说来话长,"费尔明说,"外加一大堆注释。"

"改天说给我听听……"

"伊萨克,您觉得马丁脑子正常吗?"我问。

伊萨克耸了耸肩。

"马丁的事,谁也说不准……他有精神创伤。他走,我想送他去车站,他说门口有车在等。"

"有车在等?"

"还是辆梅赛德斯-奔驰,他说是主人的车,主人在门口等。可我送他出去,门口既没车,也没主人,什么也没有……"

"管理员先生,您别介意。那天是新年前夜,普天同庆,会不会是您酒喝多了，圣诞歌听多了，希洪纳的杏仁糖吃多了，产生了幻觉？"费尔明问。

"说到酒，我只喝汽水，我这儿最烈的是双氧水。"伊萨克毫不介意地仔细解释。

"真不好意思，居然怀疑到您，我只是随便问问。"

"我敢保证。相信我，除非那晚来的人是鬼。不能因为他一只耳朵出血、烧得手发抖、偷光了我储藏室里的方糖，我就说他是鬼。马丁和你我一样，是活生生的人。"

"多年未见，他没说为何而来？"

伊萨克点了点头。

"他说来放点东西，日后来取，他本人或他派人……"

"什么东西？"

"一个捆了绳子的纸包，我不清楚里面装了什么。"

我咽了口吐沫。

"东西还在不在？"我问。

八

压柜底的纸包躺在伊萨克的办公桌上。用手摸摸，腾起一层薄薄的灰，被站在我左边的伊萨克手里的烛光一照，变成亮闪闪的薄雾。费尔明站在我右边，从套子里拿出拆信刀，递给我。我们仨互相看了看。

"听天由命吧！"费尔明说。

纸包外是粗包装纸，我把拆信刀放在加固用的绳子底下，将它割断，小心翼翼地打开包装纸，露出里面的物品。是手稿。纸很脏，沾着蜡和血。首页上写着书名，像鬼画符。

《天使游戏》
大卫·马丁

"是他在塔楼里写的书,"我小声说,"恐怕是贝波留下的。"

"达涅尔,底下还有东西……"费尔明说。

书稿下冒出一角羊皮纸,我一抽,是只信封,封口处有鲜红色的天使印章,正面只有一个红色的名字:

达涅尔

我寒意顿起,从手指往上蔓延。伊萨克见状,既惊讶又迷惑,不声不响地退到门边,费尔明紧随其后。

"达涅尔,"费尔明轻轻叫我,"我们走,让您安安静静地一个人读信……"

脚步声渐渐远去,隐隐听见对话的头几句。

"我说,管理员先生,我太激动了,忘了跟您说件事。进门那会儿,我碰巧听您说想退休,不干了。"

"没错,我干了许多年。费尔明,干嘛问这个?"

"您瞧,我知道,咱俩刚认识,不该说这个。不过,在下对这份工作颇有兴趣……"

费尔明和伊萨克的声音消失在"遗忘书之墓"迷宫的回声中,只剩下我一个。我坐在伊萨克的扶手椅上,撕开印章,信封里有张叠好的赭色信纸。我打开信,开始读。

巴塞罗那 一九四〇年十二月三十一日

亲爱的达涅尔：

我写下这封信，是希望，也坚信总有一天，你会发现这个地方——遗忘书之墓。我相信，它会像改变我人生那样改变你人生。同样，我也希望，到那时，即使我不在了，有人会跟你谈起我，谈起我和你母亲的友谊。我知道，如果你读到这些话，一定会百思不得其解。有些答案你能在这份手稿中找到。我想尽量回忆，将我的人生记录下来。疯狂已经离我不远，往往，我只能想起未曾发生的事。

我也知道，当你看到这封信的时候，时间已经开始抹去过去留下的痕迹，你也许心存疑虑。如果你了解你母亲生命中最后几天的真相，你会和我一样怒火中烧，复仇心切。都说睿智和公正的人懂得原谅，但我永远做不到。我的灵魂注定无药可救，我明白，我会用剩下的每一口气替伊莎贝拉报仇。这是我的命，不是你的。

你母亲无论如何不会希望你的人生和我一样，你母亲只会希望你人生圆满，无怨无悔。为了她，我希望你能读一读这份手稿，读完后销毁，忘记听说过的有关逝去岁月的故事，切勿怀恨在心，过你母亲想让你过的生活，永远向前看。

如果有一天，你跪在她墓前，怒火中烧，不能自已，要记得在我的人生里，也在你的人生里，曾经有一个无所不知、无所不晓的天使。

你的朋友

大卫·马丁

我把大卫·马丁多年前留给我的信一连读了好几遍，字字充满悔恨，句句带着疯狂，让人不明其意。我攥了一会儿信，将它凑到烛台，付之一炬。

我在迷宫底层找到了费尔明和伊萨克，两人酷似老友，交谈甚欢，见了我都不说话，期待地看着我。
"那封信的内容只跟您有关，达涅尔，您什么都不用说。"
我点点头。隔着墙，传来钟声。伊萨克看看我们，又看看表。
"喂，你们俩今天不是要去参加婚礼？"

九

新娘一袭白纱，尽管没有贵重首饰，但在爱人眼里，世上没有哪个女人像阳光灿烂的二月初、站在圣安娜街教堂广场上的贝尔纳达那么美。堂古斯塔佛·巴塞罗估计把全巴塞罗那的花儿都买来了，满满的堆在教堂门口，哭得像个泪人儿。新郎的神父朋友语惊四座，一席充满智慧的话语让平素难得感动的贝亚也泪水涟涟。

当神父说完话，让新郎亲吻新娘时，我差点出丑。当时，我回过头，见教堂最后一排椅子上，有位陌生人微笑地看着我。不知为何，我敢肯定那人不是别人，正是"天空的囚徒"。然而，等我再回过头，他已没了踪影。站在我身边的费尔明紧紧地将贝尔纳达拥在怀里，不顾一切地亲吻着她的唇，神父带头欢呼喝彩，我很快就把那件事忘记了。

那天，见朋友亲吻心爱的女人，让我想起：只要生命中有这一刻，过去所有的苦难都值得，将来所有的苦难都能承受。世上至真、至净、至纯及所有渴望都在新人的唇间、手中、目光里。我知道，这对有福之人必将白头偕老。

尾 声

一九六〇年

  一位眼神忧郁的年轻人,发丝已见斑白,沐浴着正午的阳光,在大海般湛蓝的天空下,行走在墓碑间。

  他怀里抱着一个初识人语、见人就笑的孩子。他俩走到一块朴素的墓碑前,挨着地中海边高高砌起的栏杆。年轻人跪在墓前,举起孩子,让他去摸石碑上刻的字。

伊莎贝拉·森贝雷
1917—1939

  年轻人默默地待了一会儿,双眼紧闭,忍住泪水。

  儿子的声音让他回到现实。他睁开眼,见儿子指着墓碑下玻璃罐里干枯的花瓣间冒出的小人。他很肯定,上次扫墓时它还不在那儿。他把手伸进花里,拿出一个小小的、可以握在手里的石膏像。是个天使。以为淡忘的话语像旧伤复发,又浮现在脑海中。

    如果有一天,你跪在她墓前,怒火中烧,不能自已,要记得在我的人生里,也在你的人生里,曾经有一个无所不知、无所不晓的天使。

  孩子想抓父亲手里的天使,手指刚碰到,无意中推了一下,石膏像掉在大理石上摔得粉碎。就在这时,他看见石膏像里藏着小小的纸卷,薄薄的纸几乎透明。他展开纸卷,一眼便认出了那个笔迹。

毛利西奥·巴尔斯
松林别墅
马努艾尔阿尔努斯街
巴塞罗那

  海风在墓碑间吹过,诅咒的气息拂过脸颊。他把纸卷收进口袋,过了一会儿,在墓前留下一支白玫瑰,抱着孩子往回走,孩子的母亲在柏树道上等着。三个人拥抱一下,她发现他眼中有些异样,之前没有的阴暗浑浊让她恐惧。

  "达涅尔,你还好吧?"

  他久久地望着她,笑了。

  "我爱你。"他亲了她一口,知道这个故事,属于他的故事,还没有结束。

  故事才刚刚开始。